Jesperson and Lane
The Curious Affair of the Somnambulist and the Psychic Thief
by Lisa Tuttle

探偵ジェスパーソン&レーン

夢遊病者と消えた霊能者の奇妙な事件

上

リサ・タトル

金井真弓 訳

新紀元社

探偵ジェスパーソン＆レーン

夢遊病者と
消えた霊能者の
奇妙な事件

上

Jesperson and Lane

The Curious Affair of the Somnambulist and the Psychic Thief

by Lisa Tuttle

THE CURIOUS AFFAIR OF THE SOMNAMBULIST
AND
THE PSYCHIC THIEF
by Lisa Tuttle

Japanese translation published by arrangement with
Lisa Tuttle c/o Baror International, Inc.
through The English Agency (Japan) Ltd.

装幀
坂野公一
（welle design）

装画
加藤木麻莉

ミシェルに、眼帯への感謝とともに。
そして、もちろん、コリンに。

CONTENTS

登場人物

ジャスパー・ジェスパーソン……諮問探偵
ミス・レーン（わたし）……ジャスパーの助手
ミセス・ジェスパーソン……ジャスパーの母親
ヘンリー・シムズ……ジェスパーソンの住戸の家主
ミセス・クリーヴィー……シムズの妹
アーサー・クリーヴィー……引っ越し会社の経営者
ガブリエル・フォックス……心霊現象研究協会（SPR）の調査員
フィオレルラ・ギャロ……イタリアの霊能者
ベニントン卿……SPRの主要メンバー
レディ・フローレンス……ベニントン卿の義妹
クリストファー・クレメント・チェイス……霊能者
ナデジダ・V・チェイス……クリストファーの妻
ピョートル・イワノヴィッチ……チェイスの使用人
ド・ボーヴォワール姉妹……霊能者
ムッシュー・リボー……同
ヒルダ・ジェソップ……同

第一章　南へ向かう列車にて

　確かにわたしは逃亡計画をあまりよく立てていなかったが、実を言えば、そもそも逃げようなんて考えてはいなかったのだ。

　一八九三年の六月の終わりで、わたしがスコットランドに来てからやっと二週間というところだった。広壮な（いくぶん不吉な雰囲気で冷え冷えとして、辺鄙な場所にあったものの）田舎の邸宅の客になっていたけれど、少なくとももう一カ月はそこに滞在するつもりでいた。友人のミス・ガブリエル・フォックスと。友人というよりは、元友人といったほうがいいだろう。今ごろはわたしの背信に気づいただろうガブリエルのことを思うと胃がきりきり痛み、落ち着かない惨めな気持ちになった。わたしが独りで腰を下ろしていたのは、扉を閉ざした寝台車両。夜行の急行列車は激しく揺れ、やかましい音をたてながらスコットランドとイングランドの境を越えて走っていた。一人用のコンパートメントに乗るために追加の五シリングを出す余裕などほとんどなかったとはいえ、払うことにした。レディなら、そうしなければならないからだ。眠れるとは思わなかったけれど、三等の客車では必要な、厄介な見知らぬ人相手に警戒して用心し続けるだけの気力はなかった。

ガブリエル・フォックス、心霊現象研究協会（ＳＰＲ）が出す報告書を読む人には「ミスＸ」として知られている彼女は四年近くの間、わたしのもっとも親しい仲間だった。もともとはわたしの雇い主だったが、経済的な苦境によってその雇用関係が終わらざるを得なくなったころには共感を持って彼女を理解するようになっていた。そしてわたしたちの間柄は一種の協力関係へ変わり、対等に仕事して報酬を分け合うようになった。ガブリエルがＳＰＲに雇われて、さまざまな超常現象を調べたり、あらゆる類の霊能者や降霊術師による謳い文句の真偽を確かめるようになったりすると、わたしは彼女の助手として付き従い、内容を出版できるように、発見したことを書き留めた。

そのうちミス・フォックスは、パースシャーにある幽霊屋敷でのＳＰＲの公式調査を任された。大がかりな調査団の一員になるのではなく、ガブリエルは調査をどのように行なうかを決める絶対的な権力を手にした。専門家を派遣するのかどうか、派遣するならいつか（また、誰にするのか）を決める権限があり、いくら費用がかかってもかまわないと言われたのだ。問題の幽霊屋敷はわたしたちに任された――持ち主は外国へ行って留守で、わたしたちの指示のもとに屋敷を維持する少数の使用人が残され、馬車や馬も自由に利用できた。

最初の一週間、ガブリエルもわたしもある種の〝気配〟――玄関ホールには冷気が漂っている場所があり、二人とも数分間といられない部屋もあった――を感じてはいたし、原因がまるで見当たらないのにいろいろな音が聞こえたこともあったが、特にこれといったものは出現しなかった。想像の産物だとは説明できないような何かが現れたことはなかったのだ。

二週目になると、ガブリエルは何人かを招待することにした。その中に尊敬を集めていた霊能者がいて、交霊会が計画された。

これまでわたしはガブリエルが不正をしたと疑ったことなど一度もなかった。どんなトリックだろうと、彼女が用いるのではと疑う理由はこれっぽっちもなかったのだ。だから、なぜなのかは説明できない。客が到着する日の朝、なんとなく居間へ入る気になった理由を。わたしは交霊会で使用するはずのダークウッド製の重い丸テーブルへ行き、絨毯に膝をついて屈み込むと、テーブルの裏側を見上げて平らな面に指先を走らせた。

そして両端に鉤がついた細い針金――物が空中で動いているように見せるにはとても役立つ物――を見つけた。それは蠟を少し塗ってテーブルにくっつけて見えないようにしてあった。ほかにも隠してあった物が見つかった。ごく薄くて軽いガーゼの長い切れ端。木炭ひとかけら。チョーク一本。小さなゴムボール。赤ん坊のガラガラ。

こういった品物は偶然にあるわけではなかった。たとえば、かつてここへ来た子どもが隠していたような物ではない。わたしにはこれらの意味も目的もわかった。もし、偽の霊能者だとわたしたちが暴いた詐欺師たちの使う、似たような物を見たことがなければ気づいただろうか？

〝わたしたち〟

この発見をしてから、もう〝わたしたち〟としてミス・フォックスと自分の関係を考えられないことを悟った。ここにこんな物を隠せたのは彼女しかいないのだから。あとで到着する予定の霊能者と共謀してやったのか、ミス・フォックスが一人でそんな品を使って幽霊の出現という錯覚を作り出そうとしていたのか、わたしがその場にいて知ることはなかった。

ガブリエルがまだ部屋で眠っている間（彼女は寝坊を好んでいた）、わたしは慌てて自室へ行ってすばやく荷造りした。ここの馬車が十一時十五分の列車で来る客を迎えに駅まで行くことを知っていたから、急げばそれに乗せてもらえるはずだった。

わたしは間に合って馬車に乗った。そして地元の駅から次のエジンバラ行きの列車に乗り、そのあとはロンドン行きの寝台急行に乗った。

速度を上げて南へ向かう列車に夜じゅう閉じ込められていたので、じっくりと思い返す時間はいくらでもあり、衝動的な行動を後悔した。それから考え直し、自分は正しいことをしたのだと思った。そして、このあとはどうするかと決めようとした。できるのは思いを巡らすことだけだった。

そのうち落ち着かない眠りに落ちてしまい、車掌が扉を叩く音で目が覚めた。彼は声を張り上げた。

「次の停車駅はキングスクロス」

わたしはロンドンへ戻ってきたのだ。まだ自分の故郷だと思っているロンドンだが、行く当てはなかった。そのころ姉はイギリスにいなかったし、大英博物館のそばの通りにあるミス・フォックスと暮らしていた家具付きの部屋は今、ほかの人が借りている。泊めてくれそうな昔からの友人は何人かいたけれど、押しかけたくなかった。予告もせずに、彼らの家の戸口に現れるなんて絶対に無理。ロンドンの知り合いのほとんどはミス・フォックスとのつながりを通じたものだった。だから言うまでもなく、彼らに近づきたくはなかった。

列車の料金を払ったあと、財布に残ったのは十二シリングほど。わたしの銀行口座の残高はゼロで、何の財産もなく、気楽に質《しち》に入れたり売ったりできそうな価値のあるものはまったくなかった。何よりも急を要したのはお金をもらえる仕事だった。収入がいくらになるかわからないうちは、下宿先を探しても意味がない。

わたしはキングスクロス駅から、オックスフォード街にある女性向けの職業紹介所へ向かった。晴れて空気が乾燥した暖かな朝だったので、限られた手持ちの金を辻馬車や乗り合い馬車に使わずに徒歩を選んだ。

汽車から降ろしたときは充分に軽かった鞄は一歩進むごとにだんだん重くなり始め、わたしはたびたび立ち止まってはしばらく鞄を下ろして休むしかなかった。ガウアー街にある新聞販売店の外で一息入れ、痛む腕をさすっていたとき、ショーウインドウに貼ってあるいくつもの掲示をなにげなく読んだ。ペットが行方不明だの、貸し間を提供するだのといった掲示の中にあった貼り紙の一つに注意を引かれた。

〈求む、諮問探偵の助手。

読み書きの能力、勇敢さと気性のよさ、優れた記憶力が必須。四六時中の勤務を厭わない者を求む。希望者はガウアー街二〇三AのJ・ジェスパーソンまで〉

これはどう？　わたしは思った。謎解きはいつも楽しんでいたし、頭の良さや観察力や記憶力に関しては問題ない。貼り紙には武器が使えることや体力については触れられていなかった。なんといっても、広告主は用心棒を求めているのではなく、助手を探しているのだろうから。

貼り紙に書かれた住居表示から目を上げたとたん、その紙が貼ってあるショーウインドウの右側に扉が二つあることに気づいた。二〇三と書かれた扉の一つは店に通じている。光沢のある黒で塗られたもう一つの扉には「ジェスパーソン」と刻まれた真鍮のプレートがついていた。

わたしのノックに応えたのは中年期に入ったばかりの婦人だった。服装からも外見からも、使用人とは考えられそうにない上品な人だ。

「ミセス・ジェスパーソンですか？」

「そうですけれど？」

求人広告を見てやってきたのだと、店のショーウインドウのほうを身ぶりで示しながら話すと、彼女は中に入れてくれた。ベーコンを炒めたにおいとトーストの香りがかすかに漂っていて、わたしは昨日から何も食べていなかったことを思い出した。

「ジャスパー」婦人は声をかけ、家の奥の扉を開けてわたしを手招きした。「早くも応募のご婦人がいらしていますよ。ええと、ミス……？」

「レーンと申します」わたしは言い、部屋に入るなり寛いだ気分になった。

部屋全体の雑然とした雰囲気が心地よく、ゆったりできそうで楽しげな場所だった。古書や紙やインクや煙草、トーストや紅茶といった、嗅ぎ慣れたにおいが満ちている部屋は家にせよ仕事場にせよ、わたしの好みだ。どうやらこの部屋は仕事場と居間を兼ねているらしかった。いくつも並ぶ床から天井まである書棚には本がぎっしり詰め込まれ、ちょっとしたがらくたや奇妙な品物、写真や絵葉書が所狭しと置かれ、やや風変わりな学者の書斎を思わせた。書類や雑誌がうずたかく積まれて、ひどく散らかった大きな机からも、同じ印象を受けた。けれども、暖炉のそばには数脚の肘掛け椅子もあり、二人分の朝食の残りが載ったテーブルもあった。こういった光景をすばやく見て取ったわたしは、テーブルの前からさっと立ち上がったミスター・ジャスパー・ジェスパーソンにたちまち注意を奪われた。

とても背が高く、かなり若く見える男性だった——赤味がかった金色の巻き毛の下にある、かすかにそばかすが散った滑らかで色の白い顔は天使のような子どもを思わせた。けれども、鋭い青い目は突き刺すような視線でこちらを見つめてきたし、口を開いた彼の声は深みがあり、めりはりが利いていた。

「はじめまして、ミス・レーン。じゃ、きみは自分を探偵だと考えているのかな？」

「そういうわけではありません。とにかく、あなたは助手を求める広告を出していらしたでしょう。

読み書きができて勇敢で記憶力が優れていて、四六時中働くことを厭わない人を。それに、わたしが気性のいい人だと思っていただけるといいのですが」

彼の目とわたしの目が合い、火花のようなものが散った。それは詩人や感傷的な作家たちが男と女の間について書くべき価値がある唯一の絆だと考える、恋愛感情めいた情熱ではなかった。でも、どちらの側にも好奇心があった。心や精神が一致しているかもしれないという、ためらいがちな認識——少なくとも願い——があったのだ。

ミスター・ジェスパーソンはうなずき、両手をこすり合わせた。「もちろん、きみには職務経験があるだろう。鋭い知覚力や注意深い観察力や大胆な精神といった能力が求められる場での。だが、今やきみは突然、そういうところから自分を切り離し、雇ってもらおうと——」

「ジャスパー、お願いだから」ミセス・ジェスパーソンが口を挟んだ。「こちらのご婦人に当たり前の礼儀を示してちょうだい！」彼女はわたしの腕にそっと片手を置き、椅子まで連れていって座らせてくれ、紅茶を勧めた。

「おいしそうですね、ありがとうございます」

ミセス・ジェスパーソンは上質の白い磁器のティーポットを持ち上げ、慣れた様子で振ってポットの中身の量を確かめた。「もっと紅茶を取ってきますよ。バターつきパンはいかが？ ほかに召し上がりたいものはあって？」

レディたるもの、食事に招かれたわけでもない場合は食べ物を断るべきだろう——でも、わたしは良いマナーなんてかまっていられないほど空腹だった。「バターつきパンなら大歓迎です。ありがとうございます」

「ぼくももっとパンをもらいたいな、お母さん——ジャムも欲しいんだが」

ミセス・ジェスパーソンはあきれたように天を仰いでため息をつくと、部屋から出ていった。息子のほうはそれに気づかず、わたしに注意を集中していた。「きみはずっとハイランドにいただろう。裕福な一族の田舎の邸宅にね。きみはこの夏じゅう、要求をすべて満たしてもらえるその家で過ごすはずだったが、何か不愉快なことが起こった——いや、衝撃的なことを発見したのだろう。そこで、滞在は終わりを告げ、きみはただちにその場所を去った。寝台急行で来たものの、ロンドンへ着くと、この大きな街でどこへ行ったらいいのか途方に暮れた。ここには家族がいないし、いいホテルに長期滞在するだけの金はなかったのだろう。ロンドン大学の女子学生のための安価で悪くない貸し間がこのあたりにあることを考えると、もしかしたらきみも学生かな——」

わたしは彼をさえぎった。「考えすぎです」

「じゃ、独学なのかい？　失礼を承知で言わせてもらうと、ぼくも因習的な学校だの大学だのといった型にはめられていなくてよかったと思っているよ！　しかし、ガウアー街に足を踏み入れたとき、下宿を探していたという考えは間違っていないと思うんだが」

「違います」わたしはきっぱりと言った。「わたしの最優先事項は仕事を見つけることです。だからオックスフォード街へ向かっていました。有名な女性向けの職業紹介所があるから」

ミスター・ジェスパーソンは落胆した顔でわたしを見つめていた。「ぼくはことごとく間違っていたのか？」

「そんなこともないです」わたしは認めた。「でも、ちゃんと目がついている人なら誰でも、わたしがスコットランドから来たと見当をつけられるでしょう。こんな時間だということとか、服装を考えればね。それに、わたしの旅行鞄には外国のステッカーが貼られていません」

「それから、急に向こうを発ったことについてはどうなんだ？　衝撃的な発見があったというぼくの説は正しかっただろう？」彼はいくらか自信を取り戻したようだった。

けれども、わたしは彼の推測に少しも感銘を受けることなく、説明した。「わたしは一人で歩いてきました。近いうちにロンドンへ着くと友人たちに知らせる手紙を送る時間はなかったし、今はここに家族もいません。ほとんどの人があなたと同じ推測をするでしょうね」ため息をついた。「でも、ある発見のせいで動揺したことは否定しません。友人だと思っていた人の誠実さや専門家としての厳しさを、見誤っていたことがわかったのです。たぶん、逃げるべきじゃなかったのでしょうね。でも、あのままとどまって、彼女に証拠を突きつけるのは……ともかく、今は詳しくお話しする必要がないと思います」

「もちろん、ないとも」ミスター・ジェスパーソンは温かい口調で言った。それから付け足した。「きみを採用しよう。身元保証書のことは心配しなくていい——きみ自身がきみの最高の身元保証だ。採用するよ——働きたいのであれば」

うれしかったけれど、わたしは彼がやや軽率じゃないかと感じずにはいられなかった。はじめて会ってから五分ほどしか経っていない人間を助手として雇おうとするなんて。それとも、こちらの慎重さが試されているのだろうか？　経済的な安定は喉から手が出るほど欲しかったが、会ったばかりの男性にそれを与えてもらうことを期待するなんて、間違いなくばかげている。彼の部屋にいるとなんだか安心するというだけで。

「まずはこの仕事についてもっと知りたいのですけれど」わたしは慎重に言った。「わたしの業務は何でしょうか？」

「〝業務〟という言葉は適切じゃないな。きみの役割は言ってみれば、探偵の助手だ。ぼくのために手掛かりを集め、動機を推測し、要求されたことを何でもやって事件を解決するんだ。シャーロック・ホームズの話ぐらい読んだことはあるだろう？」

「もちろんあります。この点について指摘しておかなくてはなりませんが、ドクター・ワトソンと違って、わたしは喧嘩が得意じゃないんです。基本的な看護の技能はいくらか身につけていますが、でも――」

「心配いらないよ。母が看護婦なんだ。ぼくは射撃の名手で、東洋から取り入れた一種の武芸を身につけている。だから丸腰で戦う場合も有利だ。きみがまったく危険にさらされないとは保証できないが、危ない目に遭うことを恐れないのならば――？」彼はわたしの表情から答えを読み取ったらしく、にっこりと笑った。「じゃ、話は決まったということだな？」

その微笑に応えて、差し出された手を握りたいとどんなに思ったことだろう！　でも、住む家もなく、自分のものといえるのは十二シリングだけだったから、もっと多くが必要だった。「お話ししにくいことですけれど」わたしは言った。「でも、またしてもドクター・ワトソンと違って、わたしは医師として収入を得るというわけにはいかないので……」

「ああ、金か！」彼は大声をあげた。お金がないことを心配した経験がない人だけに可能な無造作な調子で。「もちろん、きみは歩合制で報酬を受け取れる――貢献度によるが、顧客が払ってくれるうちの二十パーセントから、場合によっては五十パーセントだ。それに、より興味深い事件について執筆して雑誌に売りたいというなら、そこから得る報酬はきみがとっておきたまえ」

ミセス・ジェスパーソンが紅茶を載せたトレイを運んで部屋に戻ってきたとき、息子はまだ話していた。

「給料は払えない」彼は続けた。「手に入った報酬を折半するのが、ぼくにできる最高の申し出だ」

たちまち心が沈んだ。「それに同意できる余裕があればいいのにと思います」わたしは悲しい思いで言った。「でも、わたしの財政状態はあまりにも危機的なんです――ブルームズベリーで家具付きの部屋を借りる余裕すらなくて。食事をしたくてもできないんです」

「でも、あなたはここで暮らせるのよ！」ミセス・ジェスパーソンは大声をあげた。注いでいた紅茶から目を上げ、息子に向かって顔をしかめる。「説明していなかったの？」

ミスター・ジェスパーソンは母親からカップを取ってわたしに手渡した。「ぼくの広告の文面から、きみがそのことを推測したものと思っていたよ」彼は穏やかに言った。「四六時中の勤務という部分からね。あらゆる不測の事態に備えて、助手にはそばにいてもらわなければならない。きみの助けが必要になるたびに手紙を書くのは不便だ。誰かにきみを連れてこさせるのもね」

「二階に部屋があるんですよ。ちゃんとした家具付きで住めるようになっているわ」薄く切ってたっぷりとバターを塗った白パンをわたしに渡しながらミセス・ジェスパーソンが言った。ラズベリージャムが山盛りになった小さなガラス製のボウルも。「それと、わたしが三度の食事を用意するわ」

不安は払拭された。わたしはミスター・ジェスパーソンに手を差し出し、こうして人生の新しい章が始まったのだった。

第二章　ガウアー街でのポリッジ

ミスター・ジェスパーソンの広告を偶然に目にする前は、こんな仕事をするとは思ってもみなかった。でも、悪くないでしょう？　探偵は謎を解決する。ＳＰＲに引きつけられたものとは違う種類の謎だという事実が、幻滅してスコットランドからさっさと逃亡したわたしには本当に魅力的だった。ミス・フォックスと調査した超常現象のうち、どれが単なる詐欺や作り事だったのかと考えずにはいられない今、ちゃんと存在感がある、この世のものらしい謎に注意を向けられることがありがたかった。

おそらく新しい職業では、盗まれた品物は返ってくるし、失踪した人は見つかり、悪人は出し抜かれ、邪悪な計画は失敗することになるだろう。ミスター・ジェスパーソンとわたしは明々白々な犯罪を解決し、厄介で曖昧模糊とした世界や交霊術とは何の関係もない問題に対して、明確で満足の行く解決策を示すことだろう。

そんなふうにわたしは考えていた――けれども、調査を頼まれた事件の現実はまるっきり違っていたのだ。

それから数カ月、わたしが決断を後悔するようなことは何も起こらなかった。ガウアー街での暮らしは快適だった。ジェスパーソンが自信満々に予想していたほどは、わたしたちの名声がすぐに広まることはなかったとしても、夏じゅう忙しくなるほどの依頼人はいた。わたしたちは奇妙で不可解な事件をいくつか解決したが、報酬のほとんどは仕事そのもので報われることになった。最初の依頼人は裕福ではなかったし、歓迎できない情報に対して報酬を出し渋る依頼人もいたからだ。

収入がほぼ皆無なことをわたしはあまり心配していなかった。というか、もっと心配すべきだったのだろうが、昔みたいに不安を感じなかったのだ。今回の仕事では居心地のいい環境にいられて、家賃はただで三食付きだった。ミセス・ジェスパーソンがとても有能で円滑に家を切り盛りしていたから、わたしはどれくらい家計費がかかっているのかと考えることもなかった。本当は、状況を尋ねたくなかったのだろう。新たに見つけた幸福をかき乱さないかと怖かったからだ。

ミセス・ジェスパーソンはすばらしい家庭を裏で支えている、表立って真価を認められてはいない驚くべき一人だった。頭を使って工夫を凝らし、実によく働いて家事をうまく取り仕切っていた。使用人はいなかった――そんなものはいらないわとミセス・ジェスパーソンが言い張ったのだ。家の中はいつも清潔で快適だったし、彼女は料理が上手だったので、使用人が不要なのは嘘ではないだろうとわたしは思った。もっとも、日雇いの掃除婦は一人いて、定期的にやってきて荷が重い家事を手伝っていた。とはいえ、わたしが彼女を目にすることはほとんどなく、来なくなったのにも気づかなかった。

十一月の最初の日、一日がポリッジ（オートミールのおかゆ）とともに不吉に始まったときになってようやく、わたしは自分がわざと何も見ないようにしていたのだと悟った。

言うまでもなく、ポリッジは健康的で栄養価の高い朝食だし、イギリスの多くの家庭で喜びの笑顔で迎えられる食べ物なのは間違いないが、今ではベーコンエッグがジェスパーソンの好物だとわたしも知っていた。母親なら一人息子を喜ばせたいはずだから、テーブルに載った三つのボウルの中にどろりとしたベージュの塊を目にしたとたん、破滅の兆しを感じた。

クリームは添えられていなかった。ジェスパーソンはポリッジに牛乳と砂糖を気前よくかけていたが、わたしはそうしないで自分のものにはスコットランド風に塩をぱらぱらとかけた。

トーストがないことを誰も指摘しなかった。昨夜の夕食は茹で卵――一人につき一個――と驚くほど薄いトーストだった。引き出せる結論は一つしかなかった。今やわたしたちはかなりの金欠に陥っていて、この上なく賢明で節約上手な主婦――ミセス・ジェスパーソンのような――でさえも、お金の余裕があるふりはできないということだ。

朝食後、わたしはテーブルを片づけて皿洗いを手伝う機会を利用して、食料貯蔵庫をこっそり覗いた。牛乳は毎日配達されていたし、バターもまだ少しあったが、惨めにしおれたキャベツ、「小麦粉」「オート麦」「米」「砂糖」「紅茶」と書かれた数個の缶（中身を調べはしなかったものの）を別にすれば、童謡の「ハバードおばさん」の戸棚のように空っぽだった。

わたしは慎重に行動していたが、嗅ぎ回っていることに気づいたミセス・ジェスパーソンは穏やかに言った。「出かけたとき、夕食用に何か買ってくるわね」

でも、ややあとで階下へ来たミセス・ジェスパーソンはもう少しつけで買わせてほしいと、八百屋や肉屋に頼む決意をしている女性のようではなかった。新品にしか見えない帽子をかぶっている。帽子には縁飾りがいくつか巧みに施され、とても魅力的でおしゃれな雰囲気を醸し出していた。耳からはエジプト製らしい、彩釉陶器と金でできた青い美しいイヤリングがぶら下がっている。

驚いたけれども、わたしは感嘆した。でも、同じ光景を目にしたジェスパーソンは読んでいた新聞を投げ捨てるなり立ち上がった。「お母さん――だめだよ」

「ほかに方法がないんですよ」彼女は穏やかな態度で答えた。

「そんなことは許さない」

夫人は軽く憤りを見せて唇を引き結んだ。「ジャスパー」

「頼むから、やめてくれ」

「だったら、どうしろと?」

「少しぼくに時間をくれ――それだけだよ――あと少しでいい」

ミセス・ジェスパーソンが首を横に振ると、イヤリングも揺れた。「先週、あなたに言ったはずですよ――もう時間はないと。明日の朝には、わたしたちはみんな飢えたまま、通りに放り出されてしまうでしょう。もしも――」

「わたしが出ていきます」急いで口を挟み、夫人のほうを向いた。「友人のところに滞在します。そうすれば、わたしの部屋を人に貸せるでしょう」

彼女は悲しそうにほほ笑んだ。「ありがとう、ミス・レーン。そんな申し出をしてくださって。でもね、全部の部屋を貸し出して、わたしたちは戸棚に寝るというのでもない限り、お金は足りないと思うの。先月、借家の契約をもう一年更新できたし、大家さんは親切にも家賃を一カ月ずつ払うことに同意してくださったけれど、一回目の支払いもできなかったのよ。未払いなのは家賃だけじゃないの。肉屋にもパン屋にも八百屋にも借りがあるし……でも、石炭商はつけで売ってくれないわね」身動きもせずに立ったまま無言で肩を軽く丸めている息子を見やったとき、ミセス・ジェスパーソンのまなざしはやわらいだ。「ごめんなさいね、ジャスパー」彼女は言った。「でも、ロンドンでの暮らしにはかなりのお金がかかるのよ。節約するためにできることをやってきたけれど、もう限界。田舎でなら、庭も持てるし、鶏を飼うことも――」

「ぼくに人生をあきらめて、じゃがいもを掘るとか家鴨《アヒル》の世話をしてほしいということかな?」きつい口調にわたしは驚いた。彼はいつでも優しく母親に話していたのに。

ミセス・ジェスパーソンもそのことを感じたらしかった。「違うのよ、ジャスパー。わたしがそういうことをできるだろうという意味ですよ。あなたのためにね。あなたには幸せでいてもらいたいの。とても才能に恵まれているし、自分の道を進むのが一番だとわたしはいつも思っています。お父さまもきっとそう望んだでしょう。あなたはチャンスをつかまなくてはね。でも、その間にも、わたしたちには住む家が必要よ」

「すまなかった、お母さん。ぼくはひどいことを言ってしまった」ジェスパーソンが母親を抱き締めると、わたしは目をそらした。愚にもつかない感傷に駆られ、鼻を強くこすりながら。こういう母親がいたら、どんな感じだっただろう？　息子がいないことを慰めてくれる、かわいいお馬鹿さんじゃないからといって、母はわたしを責めたものだった――わたしをありのままに見ることができなかったのだ。

ミセス・ジェスパーソンは残念そうなため息とともに息子から身を引き、傾いた帽子を直した。どうするつもりなのですかと、わたしは尋ねた。

「ジャスパーは気に入らないでしょうけれど、この子の伯父さんのところへ行くつもりなの。お金を借りにね」

「また借りに行くということだ」ジェスパーソンは訂正した。彼はわたしをじっと見た。いつもは明るく輝いている青い目が暗さを帯び、惨めそうに曇っている。「伯父は条件を付けたんだ。もし〝この次〟がまたあったら、ぼくが自分の言いなりにならなくてはいけないとね。大の男の母親が物乞いに行かなければならないなんて恥ずかしいことだと、伯父は思っている……もちろん、そのとおりだよ！　ただぼくは――受け入れられないんだ――伯父の条件を。

「伯父はぼくを事務弁護士の事務所に入れて、昼も夜も書類を写すような仕事をさせる気だ……または、会計士の仕事をさせるか、店員にさせようとしている――どれもぼくの能力以下の仕事だし、死ぬほど退屈だよ――いや、お母さん、違うなんて言わないでくれ。伯父の腹づもりならわかっているんだ。その理由もね。何度となく伯父は言ったじゃないか。ぼくが『あまりにも利口すぎる』し、いくらか高慢の鼻をへし折られるべきだとね？　もし、ぼくが黙って耐えて半年かそこらいい子にしていれば、出世の梯子を上れるだろうと。で、もう少し責任感が身につき、年を追うごとに昇給していって、女王陛下の公僕としていい地位を得ている伯父に近いくらいの収入を得られて、その程度の尊敬をされるだろうとね」

「それがそんなに悪いことかしら？」夫人は静かに尋ねた。「才能を認めてもらって、良いことのために使うのよ？　そういうのがあなたの望みじゃないの？　ほかのみんなと同じように、もっと普通の道を歩くのはそんなに大変なのかしらね。制約に耐えて、自分ほど賢くはない人からの命令を我慢するのは――ほんの一、二年なら――」

ジェスパーソンは母親の言葉をさえぎった。「大変に決まっている。最初の一カ月後に退屈のあまり死んでいなかったら、ぼくは二カ月目に喉を掻き切るだろう」

おそらく以前にもその話を聞いたことがあったのだろう。彼女はもう一度首を横に振っただけだった。「彼はわたしに同情してくれるかもしれないわ……でも、手ぶらで追い返されてしまったら、家賃はどうしたらいいと思うの？」

母と息子はひどく感情を高ぶらせた様子でしばらくお互いを無言で見つめていた。わたしはなすすべもなく、両手をねじり合わせるだけだった。

するとジェスパーソンが口を開いた。「ぼくに任せてくれないか。今日は伯父のところへ行かないでくれ、お母さん。大家のミスター・シムズのところへ行ってくる。もしかしたら、男同士の話をして彼を説得できるかもしれない。取引ができる可能性もある――外国でときどきやったように、ここでも物々交換がうまくいくかもしれないだろう」

わたしには何のことかわからなかったが、彼の話を聞いて理解した。「地所をいくつも所有し、多くの賃借人を抱えている人間には解決したい謎が一つや二つあるはずなんだ」

ミセス・ジェスパーソンは唇を噛んだ。「大家さんがわざわざお金を払いたがるなんて思うの？わたしたちと同じようにお金がなくて、逃げ出した人を見つけるために――もし、そんなに彼が復讐に燃えているなら、どうやって――」

「そんなことは考えていなかったよ。泥棒絡みの事件が三件あるんだ――高価な宝石の盗難――今月、新聞に出ていた」

「ミスター・シムズの管理する地所で？」彼女は驚いたようだった。びっくりするほどの偶然にわたしもあっけにとられた。

「いや」ジェスパーソンはじれったそうに首を横に振った。「そういうことではない。そのような事件が新聞に出ると、財産がある人々は自分の身の安全が不安になるということなんだ。疑わしい行動には気づきたいだろうし、探偵を求めるかもしれない」

「それなら、夜警を雇いたがるほうがあり得るでしょうけれどね。ああ、しょうがないわね、ジャスパー！　あなたがどんな方法をとるとしても、ミスター・シムズがもう一カ月、家賃を待ってくれるようにさせられたら、ほかの請求書はわたしがなんとかしましょう」

「ありがとう、最高にすばらしくて偉大な母上。もう一度、ぼくに機会をくれたことを絶対に後悔させないよ」彼は母親の頬にしっかりとキスした。

戸外は湿気があって寒く、空はなんとも陰鬱だった——十一月の始めのロンドンの典型的な天候だ。淀んだ大気にはつんと鼻を刺すようなにおいがあり、霧を予感させた。午前中はまだ空気が乾燥しているほうだったが、誰もが家の中へ入りたいとばかりに速足で通り過ぎた。

ジェスパーソンも同じ気分らしく、恐ろしく速く歩くので、遅れないようにとわたしは小走りにならなければいけなかった。ときどき彼は自分の脚がわたしの脚よりもはるかに長いことを忘れてしまうらしい。

けれども、わたしが息切れしながら抗議したとたん、彼は立ち止まった。「すまない！　ぼくは本当に人でなしだな」

「そんなことは言ってないけれど」

ジェスパーソンは聞いてもいなかった。「自分の欠点はわかっているんだ。他人の弱点がわかるのと同じように。ぼくは自分のことばかり考えて、ひどく自尊心が高くて、無愛想なときがしょっちゅうだ……母にどんな口の利き方をしたか考えてみてくれ——大事な母親なのに。ぼくのためにたくさんのことをやってくれて、決して不平も言わない。母はもっといい待遇を受けるべきだし、きみだって同じことだよ。どうかぼくの腕を取ってくれ、ミス・レーン。歩く速さはきみが決めてほしい」

わたしは彼の心遣いを喜びながらも、なんだか恥ずかしくて言葉が見つからなかったが、それでよかった。ジェスパーソンはまだ話すことがいろいろとあったのだから。

「男というものは、女性を無邪気で誰かに依存する状態にしておきたがる場合が多いことに、きみも同意してくれるんじゃないかな。どういうわけか女らしさという性質を損なうんじゃないかと恐れて、女性を成長させようとしないんだ。だが、女性が男とほぼ同様にいろいろなことができると、きみは気づいていないかもしれないな？　女性がよくも男の面倒を——夫であれ、息子であれ——見られるものだと、ぼくは思っている。面倒を見すぎるから、男は一種の怪物になってしまうのかもしれない……何でも奪い取る巨大な赤ん坊のように。どんなにいいことが自分に起こっていても、当たり前だと思ってしまう。法外な報酬を手に入れていることについても。男はひたすら求め、欲求は満たされる。世界は自分を中心に回っていると男が信じていても少しも不思議じゃないよ」

「でも、あなたはそんな人ではない」

彼は聞こえなかったかのように話し続けた。「父が亡くなったあと、ぼくは急いで大人にならなければいけなかった。別の状況だったら——学校へ送られたとしたら——物事は大違いだっただろう。だが、母はぼくを外国へ連れていこうと決心した。干渉してくる親類から逃げるためでもあったが、そのほうが金がかからなかったという理由が大きい。ここにいるよりも旅をしたほうが、息子にとって優れた教育になると母は考えた——そのとおりだったよ！」ジェスパーソンは短く笑った。

「外国では、とりわけ人里離れた場所では、ぼくが母を守らなければならなかった。イギリスにいたときと違って、出会った人たちはぼくを子ども扱いしなかったんだ。急に大人の男になって、母の面倒を見ることになった。母に面倒を見てもらうのではなく。ぼくはどうやって働くか、駆け引きはどんなふうに行なうか、物々交換はどのようにやるのかを学んだ——相手を計略でだます方法や盗み方まで覚えた。そうしなければ、飢えていただろう。ずいぶん多くのことを身につけたよ。ああいう遠くの土地では役に立った——だが、それからイギリスに帰ってきた」

横目で彼を見やった。彼が個人的な話をするときはめったになかった。ジェスパーソンはわたしに話しているのだろうか。ちゃんとこちらが目に入っているのだろうか、と思った。彼は並んで歩きながら、考え事を声に出していたのかもしれない。

「自分のどこをとってもイギリス人だと感じている」彼は続けた。「これ以上なくそう感じているが、それでもイギリスはぼくにとって異国のようなものだ。知らないことがあまりにも多い——どう振る舞うかといった、簡単だが重要なことだな。今では母がぼくの面倒を見ているし、好きにやらせてくれる。ぼくたちの役割は前と逆転したんだ。自分の役目はなんとか充分に稼ぐことだと思った。好きなことをやって、請求書を払えるように。だが、考えていたよりも難しかった」

ジェスパーソンは口をつぐんだが、言葉にされない考えをわたしは容易に追うことができた。彼にもわたしにもお馴染みの、ここ数カ月のいろいろな冒険を思い返しているのだろう。一緒にやろうという最初の決意を強めるような成功がいくつもあった。成果は誇らしかったけれど、誇りでは家賃を払えなかった。

ジェスパーソンはため息をついた。「ぼくはやりたい仕事を見つけた。うまくやれると思う。ぼくもきみもこの仕事をうまくやれる――そうだろう?」

「ええ」

「優れた探偵というものは必要なんだ。悪党やごろつきであふれているこの街では特に」わたしたちはニュー・オックスフォード街へ着いていた。通りには騒々しい群衆が押し合いへし合いしている。ジェスパーソンは話しながら、よろめくこともためらうこともなくわたしを誘導して、腕にいっぱい包みを抱えて前が見えずに、赤い顔で息を切らしながらこちらへ突進してくる男性から巧みに身をかわした。

わたしは同意した。新聞を読みさえすれば、ロンドンでいくらでも起こる突然の死だの未解決の犯罪だの、さまざまな謎についてわかるようになる。「もしかしたら、別の広告を出すべきかもね――新聞を変えてみたら?」

ジェスパーソンの返事は嘆息というよりもうめき声に聞こえた。

当然だろう。広告にはお金がかかる。今の世の中ではどんなものにでもお金が必要なのだ。

「伯父はぼくが甘やかされた、素人愛好家だと思っているんだ。ぼくにまともな頭脳があることは伯父にもわかっている。ぼくが法律を学んだらうまくやれるはずだと、伯父は判断した。法やさまざまな事例を覚えるのは簡単だったし、充分に記憶できた。教師たちを感心させられるぐらい、すらすらと議論もできたよ。だが、ぼくが教師たちに感心したことはなかった。調べてみるまでは、我が国の法制度がどれほど見掛け倒しで、ばかばかしいものかということはわからなかった。いったん真実がわかると、ぼくは勉強を続けることが耐えられなかったんだ――ぼくは演技をし、信じてもいないものを信じているふりをして、そんな法律などが重要だと思っているように振る舞わなければならなかった――そのためには、自分に嘘をつくことになっただろう。たとえ自分の喉を掻き切らなくても、そんなことをやっていたら死んでいるのと同じだった。わかるかな?」

わたしは眉をひそめた。「あなたの気持ちはわかるわよ――でも、我が国の法制度に対するあなたの評価には賛成できない。世界でも最高の法制度だと広く認められているんじゃないの? 大英帝国の立派な利点の一つだと思われているはずよ。法律がない社会は存続できないでしょう。正義を執行する裁判所や法廷弁護士や裁判官が存在しない世界は。優れた法律家になるのは簡単なことではないのよ――ああ、もしも女性が法関係の仕事ができるならって、よく思うのだけれど――」危ういところでわたしは口をつぐみ、十八番の話を始めずに済んだ。そんな話をし出したら、ジェスパーソンの悩みと全然違うほうに進んでしまうだろう。

彼は言った。「全面的に賛成だよ。社会には法制度が必要だ。経済の制度がなければならないようにね――そして我が国の法制度は世界でも最高かもしれない。ぼくが言いたいのは、それがひどく見せかけのものだということだ。紙幣の価値が想像上のもの——一般に受け入れられている妄想だよ——であるように、法律も想像上のものだ。ゲームなんだよ。大きなゲームだし、重要だが、ぼくがやりたいことではない。舞台裏から見ていると、法律が単なる見せかけだとわかる。それを真剣に扱うふりをしてもいいが、芝居をやりきることはできない。そして遅かれ早かれ、弁護士資格を剥奪されるのでなければ、ぼくは演技の重圧で心が砕け散ってしまうだろう」

わたしたちはミスター・シムズの事務所があるホルボーンに着いていた。急に、自分たちの任務がばかげているという気持ちに駆られ、わたしの足は止まった。相棒の熱意に押されて来たものの、今になって、借金をしている相手とのきまり悪い対決が予想され、尋ねずにはいられなかった。「ミスター・シムズがわたしたちの助けを必要としていると考える根拠はあるの？」

ジェスパーソンはこの上なく無邪気な青い瞳でわたしを見つめた。この人はまだまだ謎だと思わずにはいられなかった。誰よりも賢くて多才な男性だと思われるときもあれば、単なる役者にしか見えないときもある。「前にぼくが言ったことしかないよ。いくつも地所を所有し、多くの借家人がいる人間は、少なくとも一つは絶えず悩んでいる問題を抱えているに違いないということだ」

「じゃ、実際のところ、大家さんの個人的な状況は何も知らないわけね？」

彼は口元にかすかな微笑を浮かべてうなずいた。

「ああ、信じられない」わたしは小声で言った。希望がしぼんだ今になってはじめて、自分が期待していたことを悟った。

「信じてくれ」ジェスパーソンはわたしの目をじっと見ながら言った。「ミスター・シムズがどういう問題を心に抱えていても――何かしらあるに違いないんだ――ぼくたちが解決できると彼に信じてもらわなくてはならない」

わたしは怒りを感じ始めた。「わたしが信じたらどうなるというの？」

「いろいろなことが変わる。仮に、きみが金を信じているのと同じくらい、ミスター・シムズの問題を解決する能力がぼくたちにあると信じるとしよう。紙幣と呼ばれる薄汚い紙切れには集めたり大事にしたりする値打ちがあると、疑問の余地なく受け入れているのと同じように信じるんだ。そうすれば、ミスター・シムズだって信じてくれるだろう」

わたしたちは靴屋の前に立っていた。波のように通り過ぎていく人々にぶつかられ、じっとしているのは難しかったが、わたしは動かなかった。今度は彼の意思に押し流されるのではなく、このことをとことん話し合おうと決めていた。「よく、そんなことが言えるわね？　ミスター・シムズが悩みを抱えているかどうかもわからないのよ？」

「抱えているに決まっているさ！　問題を持っていない人なんていやしないかい？」この腹の立つ男性はわたしに視線を据えた。ばかなのはきみだよ、と言わんばかりに。

できるだけ冷静に言った。「探偵を雇うような問題はないかもよ」

彼は肩をすくめた。「そいつは賭けだ。もしかしたらミスター・シムズは――未婚で裕福な男だが――人生に難題など抱えていないかもしれない。ありふれた暮らしをごく穏やかに過ごしているかもしれない。だが、もしも何か悩みがあれば――だとしたら、この訪問の目的は彼に悩みを思い出させ、ぼくたちが手を貸せると説得することだよ」

「もしも、説得できなかったら？」

ジェスパーソンはいらだたしげにため息をついた。「いいかい、ミス・レーン、悲観的な考えがきみの恐れを確かなものにしてしまうことに気づいていないのかな？　物事の明るい面を見るべきだよ！　ぼくの経験からすると、幸運とは自分で作るものだ。とりわけ、誰かと取引するときは――自信がすべてだ。もし、ミスター・シムズが何かを案じていたら、その機会をとらえて、ぼくたちに解決できると思わせなければならない。そうできるのは、ぼくたち自身が信じている場合だけだ」

たちまちわたしは議論する気が失せた。ジェスパーソンは自信満々だし、そんな人は彼だけではない。彼が自信を持つのは当然だろう。でも、わたしに何ができるというの？　気持ちが沈み、わたしは目を落とした。「たぶん、あなた一人でミスター・シムズに会うほうがいいでしょうね」

「だめだ！　なぜ、そんなことを？」返事もしないうちにジェスパーソンはわたしの手を取って揺すったので、彼を見上げるしかなかった。「ミス・レーン。ぼくたちは相棒だ。ぼくはきみの判断力を信用している。もし、こんな方法が間違いだときみが思うなら――」

「いいえ、もちろん間違っていないわ」慌てて言った。「ただ……普通ではないというだけ。現実でも物語の中でも、こんなふうに顧客に売り込む探偵の話なんて聞いたことがないもの。次はどうするの？　戸口から戸口へまわって、わたしたちの業務を宣伝する？　うちの大家がわたしたち向けの謎を抱えているなら、うちの石炭商だって、隣の店主だって同じことでしょう?」

「そういう人たちよりも大家のほうが財産を持っているんだ」

「そんなの……」〝ばかげているわよ〟と言いたかったけれど、彼を侮辱したくなかったので抑えた。代わりにこう言った。「そんなの、博打《ばくち》じゃないの」

「ああ。だが、こんな〝ばかげた〟冒険をやっても、今のぼくたちには失うものがないし、この先もないだろう」言葉を口にしたとき、ジェスパーソンの目はきらめいた。これがはじめてではなかったが、彼にはわたしの心が読めるのだろうかと思った。

それから彼は軽く肩をすくめて言った。「訪ねたところで無駄にはならないよ。もし、ミスター・シムズが探偵に相談することなどないなら、幸せで何の悩みもないこの男はぼくたちを哀れに思って、家賃の支払いの猶予に同意してくれるかもしれない。あるいはほかの仕事をぼくに見つけてくれることもあり得る——母がほのめかしていたように、彼の夜警の仕事だとしてもね。どんなことにでも取り組むよ。事務所の奴隷になるという悪夢の日々を逃れられるならば」

そして諍《いさか》いは解決した。混雑した通りをわたしたちは目的地へ向かって歩き続けた。

ミスター・シムズの事務所は文具店の上にあった。階段を上っているとき、男性の声が聞こえた。会話の一方の側だけが聞き取れた。

「頼むよ、最愛のおまえ、心配しないでくれ。明日、そっちへ行くから、そうしたら……いや、いや、アーサーが家にいないほうがいい」間があった。「いや、もちろん、おまえが秘密にしておくべきだという意味ではない。おまえの……」またしても間が空いた。「謝らなくていい。その必要はないよ。わかっているだろう、いつだって……明日、会いにいくよ。四時ごろかな？　それじゃ」

ジェスパーソンは事務所の扉を強く叩いた。

「どうぞ！」同じ声が応えた。

わたしたちが目にしたのは整然とした事務所だった。椅子が数脚、がっしりした木製のファイリングキャビネットが二つ、そして大きな机があった。机の上にペン一式、吸い取り紙、銀枠に入った夫婦らしき二人の写真――おそらく結婚式の肖像写真だろう――があるのが目に留まった。そして黒っぽい木と黒い金属と針金でできた、見たこともない複雑な形の品物が一つあったが、何に使うものかわたしにはわからなかった。

机の後ろにはこざっぱりした服装の三十代半ばくらいの黒髪の紳士が腰を下ろしていた。わたしたちを見て驚いた様子だったが、この部屋に彼しかいないことに気づいたわたしほど仰天してはいなかっただろう。もしかしたら、誰かが訪ねてくるのに備えて、いるわけでもない相手に向かって台詞を練習中のところを盗み聞きしてしまったの？

「ジャスパー・ジェスパーソンです、こんにちは」ジェスパーソンは言い、帽子を取ってお辞儀した。

「ああ、ミスター・ジェスパーソン」戸惑いの表情は消えた。「失礼しました。思ってもみなかったので……あなただと気づきませんでした」ミスター・シムズは立ち上がった。「どうぞ、中に入って座ってください」

ジェスパーソンはわたしが入れるように脇へどいた。「ぼくの共同経営者を紹介させてください。ミス・レーンです」

ミスター・シムズは驚愕したようだったが、机を回り込んでこちらに来ると、わたしに堅苦しく挨拶し、椅子を引いてくれた。「どうぞおかけください、ミス・レーン」彼はわたしの頭越しにジェスパーソンを見た。「共同経営者？」

「ぼくの新しい仕事の分野については、母があなたに話したものと思っていました。ぼくたちは個人的な調査をする代理店を設立したんです。ジェスパーソンとレーンの名で」

「ああ！　そうか！　なるほど、わかりました――とはいえ、実のところは、よくわかりませんが。つまり、ミセス・ジェスパーソンは当然、あなたの新しい仕事について話してくれましたよ――非常に興味深をそそられるもので――だが、まさか、そんなことだとは思いませんでした。つまり、お母さまは一度も話してくれなかったのです。その、あなたの共同経営者が、あー、女性の探偵だとはね。間違いなく、きわめて珍しいことでしょう？　もちろん、わたしに異議などあるわけではない。あるはずないでしょう？　しかし、女性の調査員とは……なんというか……」ミスター・シムズは肩をすくめ、何が問題なのか明確に話そうとする努力をあきらめ、机を回ってさっきの椅子にまた座った。

「たぶん、お支払いにいらしたのでしょうな……いつもはお母さまとやり取りしていますが」

「ぼくともできると思います」ジェスパーソンはきっぱりと言った。「あなたは女性の探偵という考えに驚きを示された。だが、男女の能力がより平等な状況は想像できるはずだし、そういう状況で女性の存在を消してしまうさまざまな障害に対して、男性は苦心しています。たとえば、ご婦人はほかの婦人になら、ごく個人的な悩み事も安心して打ち明けやすいものです。ミス・レーンなら、妹さんの心配事をもっとはっきり聞き出して、あなたよりもうまく問題を解決するでしょう」

ミスター・シムズの眉が跳ね上がった。「ちくしょう、なんだってまた――失礼しました、ミス・レーン。しかし、ジェスパーソン、わたしの妹に悩みがあるとどうやってわかったのですか?」

ジェスパーソンは何でもないとばかりに手を振った。「推測しただけです。義理の弟さんの行動のせいじゃないかと思いますが、合っていますか? それで、妹さんが動揺しているのでは?」

「まさか、推測などできるはずはない! メイドか? 噂話をしているのなら……」ミスター・シムズは机に置いた両手で拳を作った。

「落ち着いてください、ミスター・シムズ。噂話などありません。ぼくは妹さんにもメイドにも会ったことがない。単なる推論ですよ。何しろ、ぼくは探偵ですから」

「しかし……」ミスター・シムズは困惑した様子でかぶりを振った。「どういうわけで、どんなことから結論を導き出したんですか? わたしの妹が夫のことを心配していると」

ジェスパーソンは椅子の背にもたれながら、作り話を披露した。「お気づきかもしれませんが、ぼくの母は直感が優れているんです。あなたが何かの問題で苦しんでいるという印象を受けたとぼくに話してくれました。あなた自身の問題ではなく、誰かのせいで。たぶん、妹さんではないかと」

「お母さまに妹のことなど一度も話したことはないが」

「何もおっしゃらなかったでしょう。母は自分の直感をぼくに話しただけです。そしてついさっき、ぼくたちが階段を上っていたとき、偶然に聞こえてしまいました。電話で話していたあなたの声がね」

この言葉を聞き、机に載った不思議な物体の正体がわかった。もちろん、わたしだって電話を前に見たことがあった――中央電話局からかけたことすらあったのだ――けれども、ミスター・シムズの机に載ったものほど小型で優美な電話を見たのははじめてだった。

「あなたは話していた相手を〝最愛の〟と呼び、心配しなくていいと助言しておられた。あなたが独身だということは承知しています。あなたは彼女の夫が不在のときに会いたいと提案したが、不適切なことはほのめかさなかった。覚えていらっしゃいますか？　この事務所ではじめてお会いしたとき、ぼくはこの写真について尋ねたでしょう？　あなたは妹さんの結婚式で撮ったものだとおっしゃった。一年ほど前に、と」

「この十二月で、結婚してから二年になります」ミスター・シムズは言った。今ではさっきよりも友好的な態度に見えた。「さてさて、たいした記憶力をお持ちなのだな！　あなたが言うと実に簡単なことのようだが、ほとんどの人は盗み聞きしたわずかな言葉からは何もわからないと思いますよ」

「ほとんどの人は探偵ではありませんから。ミスター・シムズ、あなたは妹さんの問題を解決しようとしていますが、できないでしょう。別に恥ずべきことではありません。もし、何かの謎があったら――あると思いますが――解明するのは優れた探偵なのです」

「おそらく二人の探偵でしょうな」ミスター・シムズはわたしを見て言った。

「二人でも一人分の料金ですよ！」ジェスパーソンは陽気な口調で答えた。

大家の顔がかすかに曇ったのを目にして、わたしはジェスパーソンが性急だったのではないかと案じた。「あなたがたを雇うのはとても高くつくのでしょうな?」

「それは事件によりますし、解決までどれくらい時間がかかるかにもよります。こちらはあなたに一カ月分の家賃の借りがすでにあるわけなので……」

事情を理解すると、ミスター・シムズの顔は晴れやかになり、さらに言葉を交わしたあと、取引は成立した。もう家賃の滞納を気にしなくてもよかった。少なくともあと一カ月は屋根のあるところで無事に暮らせる。

当然ながら、ミスター・シムズの妹であるミセス・アーサー・クリーヴィーの同意をまず取りつけなければならなかった。そこでミスター・シムズが妹に電話する間、わたしたちは待っていた。そして、その日の午後四時半に彼女と会う手筈が整ったのだ。

第三章　猫と蛇

ミスター・シムズの事務所を去って階段を下り、通りへ戻っていくとき、ジェスパーソンの足取りは満足そうに弾んでいた。けれども、彼は「だから、そう言っただろう」なんて言う人間ではなかった。わたしは彼を信用しなかったことを謝りたい衝動を抑えていた。成功したからといって、あんな方法で仕事を探すことのばからしさが消えたわけではないから。

それに、これはわたしたちが望んでいたような仕事なのだろうか？　ミセス・クリーヴィーと話すまでは、彼女が夫について何を案じているのかわからない。でも、頼まれて彼を見張った末、知らないほうがよかったと夫人が思うようなことを発見してしまったとしたら。たとえば、別の家庭があるとか飲酒の問題があるとか、もっと不道徳な悪癖があるとかだったら、どんな結果になるかは容易に想像がついた。悪い知らせを持ってきたせいで、使い走りの人間が罰せられることは珍しくない！　もしも義弟の恥ずべき事実を発見したからといって、ミスター・シムズがわたしたちに立ち退きを迫ろうと決めたら？

そんな不安な思いで頭をいっぱいにしたまま、わたしは相棒に導かれてホルボーンの喧騒を離れて何度か道を曲がり、どこへ向かっているのか気にも留めずにもっと静かな通りの迷路へ入っていった。急に彼が立ち止まってはじめて、見たこともない界隈にいることに気づいた。

「どこへ行くつもり？」わたしは尋ねた。

ジェスパーソンは道路の向こうに並んだ店を、細めた目でじっと見つめ、首を横に振った。「ここじゃないな」そう言うと歩き続けた。

「これは家に帰る道じゃないでしょう」

「ああ、やっとロンドンの道を覚え始めたんだな！」

出たり入ったりしながらも何年かロンドンに住んでいたのに、この大きな街にわたしは相変わらずまごつき、たやすく道を間違えたり、兎の穴のような通りで迷ったりしていたのは事実だった。だから返事をしなかった。ふたたびジェスパーソンが足を止めたとき、またしても店の並びがよく見える位置を選んだことに気づいた。三度目に同じことが起きると、ジェスパーソンが肉屋を品定めしているらしいことがわかった。理由は想像もつかなかった。たとえ彼が硬貨を何枚か持っていたとしても、一番安い肉屋でチョップを一枚買うのにも足りないだろう。まったく見知らぬ人間につけで売ってくれる店主などいるはずもない。

黙って眺めていると、小さくて薄汚い雑種犬が肉屋に入っていった。ややあって、犬は早足で出てきた。髄骨を一本口にくわえながら。

「あの男だな」ジェスパーソンがつぶやいた。彼は外套のポケットから布の袋を引っ張り出すと、帽子を脱ぎ、それを袋に詰めてわたしに渡した。「ほら、買い物したものだよ……姉ちゃん」

わけがわからず、まじまじとジェスパーソンを見つめた。彼は両手を髪に差し入れて梳き、明るい巻き毛が乱れてもしゃもしゃになるようにした。わたしにウインクして見せると、内気そうなおずおずした微笑を浮かべる。たちまち図体はでかいがぼんやりした、見知らぬ少年となって、彼は向きを変えて通りを渡りかけた。

突然、彼が何をやろうとしているかがわかり、ぞっとして腕をつかんだ。「だめよ！　そんなこと、やってはだめ！」

ジェスパーソンは振り返った。見知らぬ少年は姿を消し、いつもの見慣れた目がわたしの目と合った。彼は静かに言った。「迷い犬に骨をやるほど親切な男なら、金がなくて腹ペコの小僧に肉のかけらくらい喜んで与えるだろう。穴の開いたポケットをぼくが見せてやればね。彼は施しをしたことで温かい満足感を覚えるだろうし、ぼくたちは今回ばかりは充分な食事を得られる」

「あなたは子どもじゃないのよ」わたしはきつい口調で言った。「大人の男でしょう。並みの肉屋よりも自分のほうが賢いと思って喜んでいるのね。だまされたとわかったら、肉屋はあなたが言う温かい満足感なんか覚えると思う？　正直な人間は施しなんか受けない――少なくとも、知らない人間からは。イギリスではあり得ないの。それにわたしたちはまだそこまで絶望的な状況じゃないでしょう。もしも、わたしたちが……あなたは本気で思っているの？　伯父さんに従うよりも、親切な肉屋から肉のかけらをだまし取るほうがましだと？」

わたしが息切れするころには、ジェスパーソンは彫像のように身動きせず、無表情になっていた。わたしは寒々とした絶望感にのみこまれるのを感じた。終わってしまった。またやってしまったのだ。唯一の友人を遠ざけることになったのは、この半年で二回目。でも、少なくとも今回は逃げ出さなかった。心のうちをちゃんと話した。言ってしまったことを引っ込められたらと思ったけれど、自分の言葉が真実なのはわかっていた。

ジェスパーソンにもわかっていたのだ。しばらくすると、顔に生気が蘇ってきて、彼は息を吸い込んだ。

「ありがとう」彼は静かに言った。「ミス・レーン。母にとってぼくはいつまでも子供かもしれないが、ありがたいことにきみはそんなふうに見ていないんだな。ちょっとした企みをすることが、思いつきを試すことが楽しくて夢中になるときがあるんだ。ここはロンドンで、インドのヴァーラーナシーじゃないのに。あそこにいたときのぼくは、ここにはもういないんだ」

ジェスパーソンが差し出した片手をわたしはつかの間見つめていた。どういう意味かと考えていたけれど（同意したしるしに握手するとか？）、彼の帽子を持っていることを思い出した。

帽子を渡すと、彼はそれをかぶって腕を差し出した。わたしたちは歩き続けた。またしても物思いにふけってしまい、わたしはどこへ向かっているか、ほとんど気にも留めなかった。

「母は野菜をすばらしくおいしく料理してくれるが、やっぱりぼくは肉が食べたい」彼は言った。「肉体の欲望にすぎないことはわかっている――肉を求める欲望だよ！　もし、もっと精神を進化させられれば、菜食主義者になるべきだろうな。かつてヴァーラーナシーにいたとき、一年間、獣の肉も魚も鳥肉も口にしなかったことがある。受けようと決めた、心を磨いて鍛えるという修行に必要な条件だった。当時のぼくは十九歳で、もう充分に成長したと思い込んでいた。だが、その翌年、肉を食べる暮らしに戻ると――ぼくの先生なら、罪悪に陥ったと言ったと思うが――また一インチ背が伸びたんだ。だから、肉は魂にとって悪いとしても、体にはいいに違いない。もっとも、ぼくほど背が高いのもよくないのかもしれないが」

わたしは笑わずにいられなかった。ジェスパーソンは頭を下げて尋ねるようにわたしを見た。「また友達になれるかな？」

「もちろんよ！」わたしは顔が赤らむのを感じた。「あなたを叱ったことを許してね」

「ときには叱られても当然だ。きみのおかげで正しい行動をとれることに感謝しているよ」

わたしたちは貧しさが漂う街角を離れて、もっと裕福な雰囲気の地域に入った。三階建てや四階建ての家々が誇らしげに並んでいる。ロンドンのほぼすべての通りごとに別世界があるというのは本当だとわかった。それぞれの通りに独特の感じがある。煉瓦や石造りの家が建ち並ぶ立派なこの通りから、誰かの泣き声と、集まっている人々のざわめきが聞こえてきた。

近づくと、泣き声をあげているのは上等な身なりの小さな女の子だとわかった。白い頬髭をはやし、光沢のあるシルクハットをかぶった紳士がそばにひざまずいていたが、女の子は泣きやもうとしない。

まわりにいる十人は超えそうな人たちが首を伸ばして屋根のほうを見上げていた。

「消防隊に連絡しろ」男が言った。

「いや、こんなことでは来やしまい」別の男が言った。

「ほうっておけばいいわ。自分で降りてくるでしょう」垢抜けた濃紺のコートを着て帽子をかぶった若い女性が言った。「間違いないわよ。自分で登ったなら、降りてこられるはずよ。猫はそういうことが上手なの」

わたしはまわりの人たちの視線をたどって上を見て、とうとう猫の形をした小さな黒いものを見つけた。最上階の窓の上にある狭い切妻のところに載っている。切妻は――そう呼ぶのが正しいとしたらだが――壁から突き出した逆三角形で、単なる装飾に違いなかった。ほかの場所についていたら、その上に鉢植えを飾ったり、ランプを載せたりできるかもしれない。でも、そんな場所で、ほかに何もついておらず、手も届かないところにあるのでは、何のために取り付けられたのかわからなかった。猫がどうやってそこまでたどり着けたのか想像もつかないが、屋根から飛び降りたのかもしれない。とにかく、そんなところまで下から飛び上がるのは無理だし、降りる方法も見つからなかった。地上からあんなに離れた高いところにぽつんと一匹でいる小さな生き物を見るだけで、わたしは同情を覚え、怖さで胃を締めつけられた。

ジェスパーソンはいくつか質問すると、たちまち事実を把握した。猫の飼い主は例の小さな女の子で、通りの突き当たりに住んでいる祖父（裕福そうな、白い頬髭の紳士）を彼女が訪ねていた間に、逃げ出してしまったのだ。猫が今の高い場所までどうやって行きついたのか、誰も知らなかったが、そこにいることは間違いないし、ずっといる運命になりそうだった。もっとも――茶色のスーツを着た背の低い男性が繰り返して言ったように――消防隊に知らせて、特別な長い梯子を持ち出して猫を救うことを承諾してもらえたら別だろうが。

「猫は下の窓からたどりついたのだろう」ジェスパーソンは言った。「この家の者に話してみたんですか？　窓を開けてもらえばいい。誰かにそこから窓台に出てもらって……」

「家には誰もいないんです」濃紺のコートの婦人が言った。「住人は留守で、この家はクリスマスまで閉め切りなのよ」

「誰か鍵を持っている者がいるはずだ。隣の家の者とか」ジェスパーソンは上を向いた。隣接している二軒の家の窓と窓の間を目測している。「もし、ぼくがどちらかの側から屋根まで登れたら、たぶん……」彼は建物を真剣に見つめながらさらに近づいていき、わたしはあとを追った。

さっきの婦人の声が聞こえた。「お魚で猫をおびきよせられないかしら？」

〝おびきよせるって、どこへ〟とわたしはいぶかった。あの窓台から飛んだら悲惨なことになるだろう。ジェスパーソンがどうやって屋根から猫までたどり着くつもりなのかも想像できなかった。彼の長い腕をもってしても猫には届かないだろう。消防隊が必要だと言い張っている男性の考えが最善に思われたが、興奮して見ている小さな男の子の一人に、急いで呼んでこいと彼が指示しているのを聞き、任せておこうと思った。

ところが、いつの間にかジェスパーソンは靴と靴下を脱いでいる。何をするつもりなのと尋ねる間もなく、彼は動き出し、わたしを置いて走っていってしまった。猫がいる家に着くと、彼はすぐさま低いところの窓台に脚を掛け、煉瓦の壁を登り始めた。

わたしは息をのんだ。確かに壁は煉瓦造りで、スタッコ壁や滑りやすい漆喰壁ではないが、煉瓦と煉瓦の隙間は足掛かりにできるほど深くはない。なのに、彼はどうやってなのか、どこかに手や足を掛けるところを見つけたに違いなく、登り続けた。ほぼ垂直の壁の上でしっかりと体を持ち上げながら。たぶん、トカゲなら難しいことではなかっただろう。でも、もっと大きな生き物には不可能なはずだ。猿だって登れないかもしれない。

わたしのまわりにいた人々は、黒いスーツ姿で赤毛の見知らぬ男性が一インチ一インチと着実に壁を登っていくのに気づき、あえいだり、驚きの声をあげたりし始めた。一階の窓台にたどり着いたジェスパーソンはほとんど休まずに、その窓台を足掛かりにして上の窓へ向かった。そしてまた次の窓へと。煉瓦の海を泳いでいく人のようだった。そして彼はてっぺんの窓台に立った――もっと背の低い人なら、手を伸ばしてもとても届かなかったかもしれない。でも、窓台に素足で立って見上げた彼の目は猫とほぼ同じくらいの高さだった。

沈黙の時間がゆっくりと過ぎた。するとジェスパーソンが何か言ったが、わたしには聞き取れなかった。たぶん、意味のない一言とか名前、あるいは人がペットの注意を引くときに出す、単なる優しい音だったのかもしれない。とにかく猫は応えたのだ。やや驚いたようなニャーという声で。

ジェスパーソンが片手を上げたところ、小さな生き物は（まだ子猫だった）確信を持った様子でそこに乗り、彼が手を胸まで下ろすと、おとなしくシャツの中へ入った。

ジェスパーソンにとってはどうだったかわからないが、見守るわたしにとっては登るときよりも降りるときのほうがはるかに長く感じられ、さらに緊張して神経が疲れた。ジェスパーソンが思いがけなく登ったときは不意打ちすぎて、わたしにはそれがどんなに危険かわからなかったのだと思う。でも降りてくるときは、彼の指や爪先が手掛かりや足掛かりを求めてわずかでも動きを止めると、落ちて大惨事になるのではないかと思ってしまった――見ている誰もがそのことに気づき、恐れた。

だが、ついにジェスパーソンは家から身を押し離すようにして、意外なほど身軽に地面に着いた。見守っていた人々が驚きに打たれて静まり返る中、ジェスパーソンは舗道までの短い距離を歩いてきた。白い頬髭の紳士と小さな女の子が待っているところへ。彼がシャツから子猫を抱き上げて、女主人の待ちわびて震える両手に置くと、群衆から歓声や拍手、口笛が一斉に起こった。

わたしは一瞬、目を閉じずにはいられなかった。目を開けると、間違いなくジェスパーソンがいた。戸惑ったような微笑を浮かべてわたしの前に。「大丈夫かい？」

「それはわたしが尋ねることよ！」大声をあげた。「あなたがやったことは……不可能にしか見えなかった！」

「もっと注意して家を観察すべきだったよ。あの家の最初の所有者は花で飾り立てられた別荘みたいなものを夢見ていたに違いない。それぞれの窓の上に鉄製の鉤が見えるだろう？　扉のそばにもあるじゃないか？　あれは植物を掛けるためのものだ。古い格子の名残はもっとわかりにくいが、かなり高いところまで広く設置されているのを見たとき、あれを使って登れるだろうとわかった。触っただけでバラバラになるほど古すぎて腐っていたら、話は別だが——でも、そうではなさそうだった」

わたしは彼の帽子を拾おうとかがんだ。わたしの横の地面に置いたブーツと靴下の上に残されていたものだった。

帽子を渡したとき、ジェスパーソンはまだ歓声を浴びていた。彼は帽子をかぶったが、すぐに脱いで最初は右側の、それから左側にいる人々にお辞儀した。そして、出しものの終わりに大道芸人がやるような身振りをして見せた。もう一度お辞儀し、帽子を腕の上から下へと滑らせたのだ。一度、二度、三度と。最後に、派手な身振りで頭を下げると、帽子をひっくり返して群衆に差し出す。見ていた人々は歌を聞いたり手品を見たりするために街角に集まる誰もがやるように、昔ながらの方法で称賛を示した。

硬貨が——銀貨も銅貨も——帽子の中へ楽しげな音をたてながらぶつかり合って落ちていった。ジェスパーソンは驚いたようだったが、それからうれしそうな様子になり、ばつが悪いような表情をしてすばやくわたしのほうを見た。どう思われたのかと確かめたのだろう。

でも、ジェスパーソンは施しを願ったわけではなかった。何の見返りも考えずに命を危険にさらしたのだし、称賛を受けるに値した。わたしは彼にほほ笑みかけると、両手を上げて軽く打ち、同意を表した。

雨が降り出していた。小雨だったが、たまたま集まってきた人々は去っていった。見世物は終わったのだ。ジェスパーソンは足元に帽子を置き、急いで靴下とブーツを履いた。小さな女の子と祖父だけが残っていた。女の子は子猫が戻ってきたことがうれしすぎて――何度も何度もキスしたり撫でたりしていた――助けてくれた男性に注意を払う余裕もなさそうだった。けれども、白い頬髭で見るからに軍人風の物腰の老紳士はこちらにやってくると、ロバート・マレット大佐だと名乗った。

「あなたに金など差し出して侮辱したくはありません。しかし、どうしてもお礼をしたい。今日、あなたが成し遂げてくださったことに心から感謝を申し上げます。わたしの孫娘に笑顔を取り戻してくださったのですからな。それにわたしは好奇心もそそられました。あんなふうに建物を登った人を見たことがありません――とにかく、このロンドンでは！　お生まれはセント・キルダではないですか？」

「違います」ジェスパーソンは戸惑ったような微笑を浮かべて答えた。「ぼくは生粋のロンドンっ子です」

「では、お父上かお母上が彼の地の出身では？」

ジェスパーソンはまたしても首を横に振った。「セント・キルダのことはよく知りません」

「スコットランドの辺境の地にある島ですよ。住民は――当然ながら排他的なのですが――フルマカモメの巣から卵を取って粗食の足しにするため、岩だらけの崖を登ります。その結果、物をつかめるように足の指が奇妙なほど発達したのです」

ジェスパーソンは微笑した。「確かにぼくにはスコットランド人の親類がいますが、その島の出身ではありません。ぼくの足の指は柔軟ですが、並外れているとは思えない。子どものころ、猿みたいだとよく言われました。それに木登りの技術を磨くのに、人よりも多くの時間を異国で費やしたと思います」

「ふうむ！　まあ、どんな理由にせよ、わたしは喜んでいます。あとで機会があったら、あなたを食事に招待してもかまいませんかな？」

「それはご親切に」

「名刺をお渡ししましょう」大佐はポケットの内側に手を伸ばしながら言った。それを聞いてわたしたちが印刷した名刺のことを思い出した――必要な投資だとジェスパーソンが言い張ったのだ。もっとも、二百枚入りの名刺用の箱はほとんど減っていなかったが。ジェスパーソンがポケットに手を入れようとしなかったので、名刺を持ってこなかったのだろうとわたしは思った。

幸い、わたしは何枚か持っていたから、急いで小型のバッグ――使い古した、ベルトに留め具で取りつける型で、この前の誕生日に姉からもらった。姉はそれがパリの流行の品だと請け合い、悲しいほど着古した普段着にささやかな気品を添えてくれたことは間違いない――から取り出し、まだ伸ばしたままだった大佐の手の中に滑り込ませた。

「ジェスパーソン・アンド・レーン」大佐は声に出して読み、わたしの顔に視線を向けた。「あなたが……ミス・レーンかな？」

「そうです」

「ご婦人の探偵とは！　なんともまた」

「もし、わたしどもの手助けが必要な場合には」わたしは急いで言い始めた。

「そんなことがないように願っていますよ！　だが、覚えておくとしよう」大佐は言い、そっと名刺を握った。「探偵事務所の助けが必要だと誰かから聞いたら、お宅へ行かせることにしましょう」

「お心遣い、感謝します」ジェスパーソンは言った。「思っていたよりもロンドンで名前を売るのは難しいものです」

「あなたは長い間、外国におられたのかな？」

ジェスパーソンがうなずいて肯定すると、老紳士は言った。「食事のときでもお互いにいろいろと物語をするといたしましょう。さようなら《オ・ルヴォワール》」

二人が立ち去ると、ジェスパーソンは帽子を拾い上げ、中のお宝を調べた。「きみのバッグにこれを入れてもらってもいいかな？　本当にぼくのポケットには穴が開いているみたいなんだ」

硬貨はいかにも豪勢な音をたてて小さなバッグにずしりと重く収まり、満足感を与えてくれた。ぺちゃんこでだらりと垂れ下がっているときよりも、中身が詰まって丸々としているときのほうがバッグの見栄えがいいし、気分もいいとわたしは思った。雨は今や本降りになり、傘を持たずに外出したことを後悔していた。

ジェスパーソンはそう遠くないところにティーショップがあることを思い出した。「ちょっとお金を使って、午前の仕事の成功に対する褒美を自分たちに与えてもいいんじゃないかな。こっちのほうが近道だと思う」ジェスパーソンは広い通りを外れて狭い小道へわたしを導いた。その道に入ったかと思うと、わたしは何かにウエストを引っ張られるのを感じた。次の瞬間、バッグが外された感触があり、悲鳴をあげながら振り向いて取り返そうとしたが、失敗した。

荒っぽい顔つきの若い男がいた。出口をふさぐように立ち、わたしのバッグを片手できつく握り締め、もう一方の手には恐ろしげなナイフを持っている。

「もう、おれのものだ」男はどすの利いた低い声で言った。「おまえらのものをみんな渡せ。刃向おうなんて思うなよ――おれのナイフは切れ味がいいし、血に飢えてるんだ。動くんじゃねえ」

わたしの血は凍りついた。どうしても動くことができない。

「おまえの言うとおりだ」ジェスパーソンは寛いだ会話をするような調子で言った。「ナイフはとても切れそうだし、おまえは刃向わないほうがいい。自分を傷つけたくないだろう？　だが、ナイフは血に飢えているらしい。動かないほうがいいぞ。この雨の中じゃ、とても滑りやすい。手が滑るかもしれない。おまえの手は簡単に滑りそうだな。手は濡れているし、ナイフも濡れているから、手が滑って自分に怪我をさせるかもしれないぞ」

若い男は顔をしかめて首を横に振った。一歩こちらへ踏み出すと、足がもつれて、濡れた地面の上で滑った。転びはしなかったが、彼は身を守ろうとして片腕を引っ込めた。ナイフの刃が閃く。男はヒィッと息をのみ、もう一方の手の甲に真っ赤な細い筋が現れた――わたしのバッグが握られている手に。

「おやおや」ジェスパーソンは言った。「自分を切ったんだな。やるんじゃないかと思ったよ。運が悪かったな。だが、ぼくは清潔なハンカチを持っているから、傷口を巻いてやろう。いいかい?」ジェスパーソンは前に進んでまた口を開いた。鞭でピシリと打つときのように鋭い口調だった。「そいつを置くんだ。さもないと、もっとひどい怪我をするぞ。さあ、落とせ」

若い悪党はぎょっとしてナイフを落とした。彼はしばらく戸惑っていたようだったが、白い木綿のハンカチを持って近づくジェスパーソンを見やり、包帯を巻いてもらおうと、怪我をした手を従順に差し出した。

「やれやれ、物を持っていたらちゃんと巻けないじゃないか? それをよこせば、もっとうまくハンカチを巻ける」

不満の声一つあがらず、バッグはジェスパーソンの手に渡った。彼はまわりを見もせずに、後ろにいるわたしにバッグを手渡した。わたしはバッグをしっかりとつかみ、歯を食いしばりながら、逃げるべきだろうかと考えた。でも、わずかでも動いたら、魔法にかけられたようなこの状態を台なしにしないかと怖かった。だから身じろぎもせずにとどまり、ジェスパーソンがきっぱりとこう言いながら、男の手にハンカチを巻いて結ぶのを眺めていた。「さあ、これでましになるぞ。ぼくのハンカチをあげよう。上等の品だ。公平な取引だと思わないか？」

泥棒は包帯を巻かれた手を見つめながら機械的にうなずいた。ジェスパーソンは彼の肩を二度、強く叩いた。「さあ、家に帰るんだ。帰れ。休めば気分がさらに良くなる。家に帰って眠って、何もかも忘れろ」

若い悪党は羊のようにおとなしく従い、向きを変えてふらふらと歩き去った。

とたんにジェスパーソンがわたしの横へ来た。わたしの腕をきつくつかんで歩けと急き立て、小道を通ると、もっと人の多い大通りに出た。悪夢から目が覚めたような気がした。ジェスパーソンは前よりも落ち着いた足取りに戻り、ティールームでしばらく休みたいかと尋ねた。

わたしは少しぼうっとした気分で首を横に振った。「家に帰るほうがいいわ」雨はどしゃ降りではなくなっていた。わたしたちは濡れていたが、これ以上は濡れないだろう。

「本当か？　きみにも催眠術をかけてしまったのでなければいいが」

わたしはちょっと立ち止まり、彼の顔を穴が開くほど見つめた。「あなたがやったのはそれなの？あの男に催眠術をかけたのね？」

「そのようなものだ。ぼくは暗示をかけた――あいつはとても暗示にかかりやすい奴だとわかったよ。運がよかったな。誰にでも効果があるものじゃないから。幸運だった」

「幸運？　運なんて関係ないでしょう――あなたが何かをやったのよ――どうやったのか、わたしにはわからないけれど」

「ああ、ぼく自身、どうやって効果が出るのかよくはわからないんだ」そう言いながらジェスパーソンはふたたび歩き出し、わたしは遅れまいとして足を速めた。

「でも、どうやってそれを学んだの？」

「最初はインドで蛇使いを見て覚えた。彼らをとても注意深く見ていたんだ。観察して、練習したというわけだよ」

わたしにはさっぱり筋が通らなかった。「蛇使い？　でも、それは……」

ジェスパーソンがわたしを見下ろしながら微笑すると、目が細くなった。「確かに。もちろん、ぼくは伝統的な方法を取り入れて、それを言葉で表現しなければならなかった。二本足の蛇という種族をもっとよく理解するためにね」

第四章　ガウアー街に戻って

　乾いた服に着替えてわたしが階下へ行ったころには、ミセス・ジェスパーソンが帰っていた。最初に目に入ったのは、持っている買い物籠が商品でいっぱいだったことだ。次に気がついたのは、彼女がエジプト風のイヤリングをつけていないことだった。

　わたしたちは玄関ホールでちょっとおしゃべりした。夫人に続いて台所へ入っていくと、ジェスパーソンがケトルを火にかけていた。

「ああ、よくやったね、お母さん！」食パンやリンゴ、チーズ、バター、じゃがいもでいっぱいの買い物籠を目にして彼は大声をあげた。それから眉を寄せた。「だが、いったいどこから金を工面したんだ？　まさか会ってはいない——」

「あなたの伯父さんに？　いいえ、もちろん会っていませんよ、ジャスパー。あなたが好きなようにやることに賛成したんだし、ミスター・シムズの件では幸運だったことをミス・レーンから聞いてとてもうれしいわ」ミセス・ジェスパーソンは優しく、でもきっぱりとした態度で紅茶を淹れる作業を引き継いだ。

「だから、少なくともあと一カ月は家賃の心配をしなくていいようにしてくれたのね。ほっとしましたよ。でも、食事については相変わらず――」

「ミス・レーンが話してくれなかったかな？　ぼくが子猫を劇的な方法で助けて九シリング近く稼いだことを」

「それはとてもよかったわね――パンを切ってくれない？――それだけあれば、肉屋への借りを少し減らせるわ。でも、そんなこと、わたしが知るはずなかったでしょう？　あなたの伯父さんに近づくわけにはいかなかったから、わたしの伯父さんを訪問しようと決めたのよ」

ジャスパーは顔をしかめた。「大伯父のオーガストかい？」

「ばかなことを言わないの。午前のうちにエジンバラへ行って帰ってくるなんて無理ですよ」

「お母さんにほかの伯父さんがいるとは知らなかったな」

ミセス・ジェスパーソンは息子に背を向けてカップとソーサーを並べて言った。「本当のところ、伯父さんなんていないのよ。そんな言い方があるだけ」

わたしには彼女の言っている意味がよくわかったが、表情から判断すると、ジェスパーソンは「伯父さんからお金をもらう」という一般的な表現に馴染みがないらしかった。いや、もしかしたらわかっていたのかもしれない。ただ、母親がイヤリングを質に入れたことを知っていると、本人に気取らせたくなかったのだろう。

「とにかく、その伯父さんが誰だとしても、とても気前がいいに違いない——またはとてもお母さんが好きだってことだな。それは苦もなくわかるよ。ぼく自身、お母さんが大好きだからね」ジェスパーソンは母親のウエストをつかんで、音をたててキスした。

「わたしも同じ気持ちです」と口を添えた。堅苦しすぎるとか、取ってつけたような言葉に聞こえませんようにと願いながら。この人たちの家族の一員になれたことに心から感謝していたからだ。


暖炉——もうそんなに倹約して貯め込まなくてもいい石炭を使った——の前で紅茶を飲んでいた間に、ジェスパーソンはミスター・シムズの妹について知っていることを母親に尋ねた。

「たしか彼女は大家さんの唯一の近い身内だったと思いますよ。何年か前にご両親が亡くなってから、ミスター・シムズは妹さんの面倒を見なくてはという義務を感じているのでしょうね」

「でも、彼女は結婚していますよ」わたしは指摘した。

「ええ、今はね。ミスター・シムズは最初、結婚に賛成じゃなかったはずよ——彼の考えでは、ミスター・クリーヴィーは……」ミセス・ジェスパーソンはためらい、軽く眉を寄せて、もっとも正確な表現はないかと探していた。「あまり望ましくない人物だと」

ジェスパーソンは用心深そうなまなざしで見上げた。「彼は犯罪者なのかい？」

「まさかそんなこと、ジャスパー！　もちろん違います。出自は貧しいけれど、正直な人でしょう

――少なくとも、正直ではないとほのめかすようなことをミスター・シムズは言わなかったわ」

「じゃ、彼女は貧しい男と結婚したわけですね」わたしは言った。どうやって電話をつけられるようになったのだろうかと思いながら。

「いいえ」ミセス・ジェスパーソンはごく静かに鼻をすすった。「かつては貧しかったとしても、今では成功した商人ですよ。ミス・シムズと出会ったころ、ミスター・クリーヴィーはまだ四十歳になっていなかったけれど、安定した暮らしをしていました。自分の事業も充分なお金もあって、結婚を考えてもいいくらいにね。妹さんの年齢を考えると――三十歳にはなっていたはずですよ――ミスター・シムズは喜んでしかるべきでした。妹さんはみんなに美人だと言われるような人ではなかったし。そもそも夫を得られただけで運がよかったのよ……でも、三十歳はそんなに老けているわけじゃないけれどね。それに誰の目から見てもあの二人はお似合いでした」

ミセス・ジェスパーソンが出し抜けに思い出したのだろうと、わたしは苦しい気持ちで意識していた。同じような言葉で表現されそうな別の独身女に話しているのだと、思い当たったに違いない――わたしは自分の外見に幻想を抱いていないし、二十七歳には戻れない。今や夫人は恥じ入って居心地が悪そうだった。彼女に悪気はなかったのだし、謝ったりしたら事態を悪化させるだけだったからだ。

ジェスパーソンは暖炉の前に長い脚を伸ばし、ミスター・クリーヴィーの商売は何かと母親に尋ねた。

「彼は引っ越し業をやっているのよ。ミスター・シムズが話してくれたところによると、義弟は今や幌付き荷馬車を数台持っていて、人を何人も使っているとか。ミスター・クリーヴィーの役割は前よりも楽なはずなのに、ゆったりと座って人に指図するよりも、自分で物を持ち上げたり運んだりするほうがお好きらしいわ」彼女は立ち上がった。「ゆったりと座る、で思い出したけれど、わたしはもう取りかからなくては。さもないと、今日はちゃんとした料理を食べられませんからね」

わたしは台所仕事を手伝うと申し出たが、ミセス・ジェスパーソンは座っていなさいと手振りで示した。「あなたには進めなくてはならない自分の仕事があるはずよ。でも、ありがとう」

わたしの仕事はあまりにも先延ばししていた手紙を何通か書くことだ、と判断した。ミスター・シムズと彼の妹に関するちょっとした件を引き受ければ、来月の家賃は安泰だけれど、急いでもっと仕事を見つけなければならないことに変わりはなかった。

スコットランドでの調査を離れて以来、わたしは心霊現象研究協会（ＳＰＲ）との関わりを絶っていた。ジェスパーソンは心霊研究に強い興味を持っていて――ほかの多様なたくさんの事柄と同様に――最新の発見を常に把握できるようにさまざまな雑誌を購読している。だから、わたしがいなくなってからもあの調査が進んでいたことはわかった。そのうち、完全な報告書が雑誌に載るだろうということも。何の醜聞もなかったし、特にすばらしい新事実もなかった。そして〝ミスＸ〟――またはガブリエル・フォックスとして知られている人――は仕事から外されていなかった。

彼女が協会内に強力な友人や支持者を持っていることをわたしは知っていた。どれほど無邪気に演技して、みんなを納得させられるかということも見てきた。もし、わたしがガブリエルの評判を傷つけようとしたら、彼女は対抗してこちらの評判を完全に落としたに違いない。そんなわけで、また、以前は彼女と親しかったことが理由で、わたしは何も言わずにいようと決めたのだった。

ガウアー街にだんだんと落ち着くにつれて、わたしは友人の何人かに手紙を書き、自分がどこにいるかを知らせた。でも、怖くて慎重になり、SPRとの関わりが強い人とは一切連絡をとらないままだった。ガブリエルには一言の便りも出さなかったし、協会に属していようといまいと、彼女の友人にも手紙を書かなかった。わたしが急に逃げ出したことをガブリエルがまわりにどう説明したのかはわからない。〝神経の問題〟――またはもっとひどい症状とか――だとほのめかしたか、心霊現象の証拠をでっちあげたから解雇したと主張したのか。たとえガブリエルが親切にも、病気とか年老いた親戚がどうとかといった話をこしらえてわたしの逃亡を説明したとしても、SPRの関係者に手紙を書こうとは思わなかった。

本音を言えば、ガブリエルに居場所を見つけられるのが怖かったのだ。彼女のもとを去って以来、あとを追われているのではと想像していた。ガブリエルが現れて、わたしが逃げたことについて口論になるのではないかと思い続けていたのだ。ガブリエルは決定権を持つことが好きだった。彼女に充分な時間を与えたら、わたしは降参してしまうだろう。わたしの誤解だとか、彼女が何も悪いことをしていないと納得させられてしまうかもしれない。あるいは――さらに悪いことだが――あんなことはなんでもないと説得される場合もあり得る。結果が手段を正当化する、と彼女は言うだろう。ある家に幽霊が取りついていないことを証明しても、わたしたちには何の利益もない。でも、幽霊に憑かれた家という話は売りになる――ガブリエルもわたしも必要としていたものだった。

けれども、そんなことは終わったのだ。彼女には二度と会いたくなかった。ガブリエルの個性に自分の個性が叩きのめされる感じはもう味わいたくない。確信を持っていたはずなのに、それが弱められ、屈服させられる気持ちは。

別れてからどれくらいかと数えると、もう四カ月を過ぎたことがわかった。それだけ経ったら、ガブリエルも関心をなくしたんじゃないの？　もし、彼女の友人の一人がわたしの居場所を教えたとしても、もうどうでもいいと思うのでは？　ガブリエルをよく知っていたから、自分のことを説明するためにわたしを探したい気に駆られているのではと思った。またしても、勝つまで意見を主張したいのではないかと。一方、あれほど落ち着きのない人だから、今ごろはほかの計画に移っているとも考えられる。前よりも時間をかける価値があって手のかかる任務で、途中で挫折した昔の友になど割く暇はないかもしれない。

わたしはあの組織に戻る気はなかったが、裕福で知的で冒険好きな人々との数少ないつながりを利用しないのはばかげていた。ああいう人たちなら、私立探偵社が必要だと思うかもしれないのに。

ジェスパーソンはわたしたちのために仕事を見つけることに一役買った。今度はわたしの番だ。読書に熱中している彼を残して、二階へ行って住所録を探した。

最初の手紙を書くのは、友人か敵かわからない人でいっぱいの部屋で目隠しされたまま歩いているようなものだった。ガブリエルが言いそうな、わたしの失踪の口実と矛盾するようなことは書きたくなかったからだ。長い間便りもしなかったことを謝り、今までご無沙汰をした失礼を詫びるだけにした。ベニントン卿、レディ・フローレンス、ミセス・マクフォートル、トレイル夫妻に。

さらに、元同僚たちにわたしの新しい状況を知らせて名刺を同封し、こうお願いした。彼らか仲間の誰でも、謎や犯罪やあるいは不思議な事情といった何についてであろうと、慎重で成功確実な調査をしてくれる機関が必要だと気づいたら、どうかロンドンのガウアー街二〇三Aのジェスパーソン・アンド・レーンを思い出してほしいと。

ため息とともに最後の封筒に封をして、投函する手紙の山に重ねたとき、こんな作業をしても意味があっただろうかと思った。ベニントン卿が不思議そうに眉をひそめて手紙を最後まで読み、それを火にくべるだけという姿が想像できた。探偵？　そんなものと彼が関わりを持ちたがるはずがあるだろうか？　育ちが良くて行儀が良く、家柄のいい、彼の知人たちの誰も、こそこそ嗅ぎ回って監視する下品な輩なんか必要なはずはない。

第五章　ケンジントンでのケーキ

クリーヴィー家はケンジントンの静かな通りに立派な屋敷を構えていた。わたしたちが到着すると、薔薇色の頬をした少女が、ぴかぴかに磨かれた白い玄関扉を開けてくれた。わたしたちの名を聞いて大喜びの様子で中へ案内してくれたので、メイドごっこをしているだけの娘じゃないかとわたしは想像した。メイドは弾むような足取りで歩き、立ち止まってスカートとエプロンを撫でつけてから部屋の扉を開けると、高い声を無理やり抑えたような口調で告げた。「ミスター・ジェスパーソンとミス・レーンがお見えです、奥様」

ミセス・クリーヴィーは顎が角張って、鷲鼻にほくろのある見栄えのしない顔立ちをしていた。けれども、茶色の目は優しげで愛らしく、とても正直で思いやりがありそうな表情だったので、彼女に好意を持たずにはいられなかった。

おそらく婦人の探偵という考えに夢中になっていたのだろう。ミセス・クリーヴィーは大声で言った。もしも結婚前にそんな職業に就けると知っていたら、なることを考えたかもしれない、と。「なにしろ、わたしは新聞で犯罪の話を読むのが大好きなんです。とりわけ未解決のものを。そして答えを見つけようとするのです。手掛かりになるような情報があまりないですけれど――小説と違って、新聞はすべての手掛かりを与えてくれませんよね」

「確かに」ジェスパーソンは言った。「新聞記者たちは何が重要なのかわかっていません――警察も同じです。最近ではどんな未解決の事件に関心を持たれたか、うかがってもよろしいですか？」

「宝石盗難事件です」ミセス・クリーヴィーは間髪入れずに答えた。「お気づきになったかどうかわかりませんけれど、十月に個人宅への押し込み強盗が三件あって、二番目の事件はここからほんの数本しか離れていない通りで起きたのです」

「そうですね、記事を読みました。だが、それぞれの事件に明白なつながりがあることを示唆するものはありませんでした。奥様は一連の事件に同一人物が関与しているとお思いですか？」

「そうじゃないかしら？　それがありそうだと思うのです。警察もそう考えているに違いありません」

ジェスパーソンは微笑した。「奥様は探偵のようにお考えになるんですね、ミセス・クリーヴィー！奥様の助けがあれば、ご主人の謎もかなり早く解決して差しあげられるでしょう」

ミセス・クリーヴィーは真っ赤になり、頬に片手を当てた。狼狽して顔をそむけた夫人は話に夢中になるあまり、礼儀をおろそかにしていたことに気づいたようだった。わたしたちは三人とも居間の扉のそばにある濃い青灰色の絨毯の上で小さな半円を作って立ったままだった。暖炉の近くに集まっている長椅子や椅子までたどりついていなかったのだ。夫人は慌ててわたしたちに腰を下ろすように勧めた。座ったか座らないかのうちに扉が開き、あのメイドが入ってきたが、大きな銀のティートレイの重みでよろめきそうになっていた。

ジェスパーソンはさっと立ち上がるとメイドからトレイを取り、くすくす笑いやまつげをはためかせる仕草で感謝された。

「ありがとう、スーキー、もう行ってもいいわ」ミセス・クリーヴィーは言った。「旦那様がお戻りになるまで邪魔されたくないのよ。わかる?」

「はい、奥様。旦那様がお帰りになったら、こちらにご案内いたしましょうか?」

ミセス・クリーヴィーは眉を上げて答えた。「ご自分の家で案内はいらないでしょう。お帰りは知らせなくてもいいわ」

「はい、ご案内いたしません、奥様。はい、そのようにいたします、奥様」メイドはあとずさった。「次は何をいたしましょう?」

「モイルさんに訊いて。何かあなたの仕事を見つけてくれるでしょう」

メイドが立ち去ると、ミセス・クリーヴィーは説明した。「これはあの子の初仕事なのよ」

ミセス・クリーヴィーが紅茶を淹れている間に、わたしは広い居間を見回した。室内は目を見張るほど白と黒を印象的に配し、全体が灰色の色合いで装飾されていた。数が少なく見えるくらいに、すっきりと家具がしつらえられている。ジェスパーソンと並んでわたしが座った長椅子のほかに、数脚の肘掛け椅子、小テーブルがいくつかあった。壁には一枚の絵も掛かっておらず、紫がかった灰色の絹布で覆ってある。床まで届くほどたっぷりしたカーテンは銀灰色の生地で、黒と白の輪がいくつもつながった模様が描いてあり、まだ夕方の早い時間だったが閉めてあった。寒々として人を歓迎しないという効果を与えそうなものだが、魅力的だし、心が落ち着く優雅な雰囲気だとわたしは思った。暖炉で勢いよく燃えている炎のおかげで充分に暖かかった。

ケーキは二種類あった――チェリーのケーキとレモンドリズルケーキ。ジェスパーソンはそれぞれを一切れずつ取った。わたしはケーキを辞退して紅茶を飲みながら、ミセス・クリーヴィーが話を始めるのを待っていた。

「兄がどんなことを話したのかはわかりませんが……」

「何も話してくれませんでしたよ」ジェスパーソンは言った。「詳細はすべて奥様の口から聞くのが一番だと、ぼくたちは思いました」

「そうですか。もちろんそうですね」女主人は深く息を吸った。「主人はたびたび起こる夢遊病に悩まされています。それは子どものころに始まりました。成長するにつれて回数は減りましたが、すっかりなくなることはなかったのです。大人になってからも、主人は目を覚まして、夜中に戸外に出ていることに気づいたりしました。ときには誰かが主人を見つけて、それで夜中に出歩いたとわかった場合もあります。主人は目をきちんと開けていましたし、自信に満ちた動きをしていましたから、普通に目を覚ましている状態ではないと疑う人なんていません。話しかけるまではわからないのです。一度など、主人は逮捕されそうになったこともありました。警官の質問に返事をしなかったからですが、幸いにもその巡査は夢遊病者を主役にした芝居を見たことがあったので、いきなり目を覚まさせるような危険を冒さないほうがいいと知っていました。そこで、危ない目に遭わないようにと主人のあとを一時間ほどついてまわり、自分の部屋に無事に帰るまで見届けてくれたのです。

「ですが、わたしと出会ったころには、主人は眠ったまま歩き回ることがなくなっていました。彼が知るかぎりでは、三年近くそんなことがなかったそうです。当時の彼は三十五歳で、夢遊病は若いころの問題だったと考えるのが自然でした。主人は出世し、自分の事業を興し、家を持ちました。自身の努力によって貧困から抜け出し、資産家になったのです。もう結婚を考えてもいいころでした」ミセス・クリーヴィーは恥ずかしそうにうつむいた。平凡な顔はさっきよりも赤くなっていた。「彼はわたしに求婚しました」

「ご主人は自分の問題についてあなたに伝えましたか？」わたしは訊いた。

「それは問題ではありませんでした。そのころは。わたしたちの唯一の問題は兄のヘンリーでした。兄とわたしはいつも仲が良かったのですが、両親が亡くなってからはなおさらでした。ヘンリーはわたしがアーサーとつき合うことに反対で、結婚を認めてくれなかったのです。兄にはひどいことをいろいろと言われました」ミセス・クリーヴィーはしばらく灰色の絨毯を見つめていたが、濃さを増して輝いている目を上げた。「でも、兄は考えを変えてくれたのです。アーサーがどんなに優れた人かわかるようになって、自分が公平じゃなかったと認めました。わたしを心配するあまり、早まったことを言ったと。いくらかはわたしを失いたくない気持ちがあったせいじゃないかと思います。結婚には許可を得なくてもよかったのですが、兄の願いに反することは嫌でした――両親が亡くなって以来、兄は唯一の家族だったのですから」

「わかります」ミセス・クリーヴィーが必死に言葉を考えているので、わたしは急いで言った。

彼女は感謝を込めた微笑を見せた。「だから、アーサーが求婚したとき、わたしは考える時間をくださいと頼みました。もちろん、自分の気持ちはもうわかっていましたし、ためらっている本当の理由を彼に伝えたくはありませんでした――兄が反対しているからだなんて。わたしは兄の気持ちを変えられることを願っていたのです。でも、かわいそうなアーサーにはそれがとてもつらかったのね。すでにわたしの気持ちを勝ち取っていたことなど知らなかったのですから。

「ある晩、わたしはふいに目を覚ましました。なぜか自分が一人ではないと感じたのです。

「暖かな晩で、部屋の窓を開けたままベッドに入っていました――わたしの部屋は家の裏手にあり、まわりを囲まれた庭を見晴らせます。その晩は満月でしたから、部屋は充分に明るかったのです。目を覚まして振り返ったとたん、隅の椅子に腰かけているアーサー・クリーヴィーが目に入りました」

「彼だったことは間違いありませんか?」

ミセス・クリーヴィーは微笑した。「よく知っていたので間違えるはずはありませんでした。でも、どう考えればよかったのでしょう？　話しかけても、アーサーは答えませんでした。わたしは起き上がり、彼がまっすぐに身を起こして座ってはいても、寛いだ姿勢や規則正しい息遣いから眠っているのだと気づきました。

「しばらくすると、アーサーは立ち上がって窓へ行き、わたしが名前を呼んでも止まらずに、片脚ずつ窓敷居をまたいで乗り越えると――姿を消しました。

「どうして悲鳴をあげずにいられたのか、わかりません。わたしは急いで窓辺へ寄って外を見ました。アーサーはいました。家からだんだん離れていくところでした。見守っていると、彼は庭の突き当たりの塀をよじ登り、見えなくなってしまいました。

「翌朝、わたしはアーサーに会いにきてほしいと電報を打ちました。何が起こったかを聞くと、彼は自分が夢遊病だと説明してくれたのです――過去のことと信じていた問題だと。アーサーはまだ夢遊病が治っていないことを知り、当然、わたしに結婚してもらえるとは思っていないと言いました。

「でも、わたしの中では変化が起こっていました。そのころには気づいていたのです。アーサーがいなかったら決して幸せになれないと。兄にはそれを受け入れてもらわなければなりません。わたしとアーサーの二人でなら、彼の問題を解決する答えも見つかるでしょうと」

ミスター・クリーヴィーは医師の診療を受けていた。ドクター・リントンという精神科医で、パリのシャルコー博士のもとで研究した人だった。ドクター・リントンは、すぐさま結婚しなさいと助言した。彼の主張によれば、夢遊病者は目を覚ましているときに否定されたものを、寝ているときに探しに行くという。ミスター・クリーヴィーが求めていたのは愛する女性にほかならなかった――彼女の寝室まで行ったのだ！　答えは明らかだった。ミス・シムズがミセス・クリーヴィーになったとき、彼が夜にさ迷い歩くことはなくなった。

「ドクター・リントンの言うとおりでした」夫人はあっさりと言った。「結婚こそが答えだったのです。少なくとも一カ月前までは。それから、また主人の苦痛が蘇ってしまったのです」

ミセス・クリーヴィーは顔をそむけて火をじっと見つめた。

「お尋ねしてもよろしいですか」そう言ったジェスパーソンの声はとても優しかった。「もしかして、何かあるのでしたら――」

夫人は言葉をさえぎった。「何もありません。わたしたちは新婚のころと同じように、相変わらず二人で幸せに暮らしています――前よりも幸せだと言ってもいいでしょう。この問題を別にすれば」

「仕事で悩みを抱えていらっしゃるとか？」わたしは思い切って尋ねた。

ミセス・クリーヴィーは首を横に振った。「主人の心を悩ませるようなものはありません」

「例の精神科医はどう考えているのですか？」ジェスパーソンは尋ねた。

ミセス・クリーヴィーは顔をしかめた。何でもないという表情をしようとしていたが。そして見事に布を張ってある椅子の座り心地が悪くなったかのように、身じろぎした。「ドクター・リントンは役に立ちません。アーサーは彼に見切りをつけました」

ジェスパーソンはほとんど体勢を変えなかったが、さっきよりも熱心になっていた。「本当ですか？

それでも、奥様達の結婚については彼が正しかったわけですね」

「今の彼はわたしたちの結婚について、正しくありません」夫人は激しい口調で言った。「わたしといてどれほど幸せかとアーサーが話したとき、ドクター・リントンはせせら笑い、私的なことについてのもっとも立ち入った質問をあれこれしました――そしてアーサーの答えを真実ではないと決めつけたのです。あの医者は奇妙な考えに取りつかれています……夫婦関係についての。わたしの何か、または結婚生活の何かのせいでアーサーがとても不幸なのだとドクター・リントンは信じ込んでいます。そのせいでアーサーはロンドンの通りをさまよいたい衝動に駆られるのだと……ほかのものを求めて」そう話したとき、夫人の顔には血が上っていた。隠すためか、ほてりを鎮めるためか、彼女は真っ赤になった両頰に手を当てた。

「包み隠さず話してくださってありがとうございます」ジェスパーソンは穏やかに言った。「精神科医の結論を無視したのは実に正しいと思いますよ。だが、彼の考えの一つは悪くありません。もし、ご主人が夜にどこへ行くかがわかれば、何に駆り立てられているのかという答えもおのずと明らかになるかもしれません」

それからジェスパーソンは寝ている最中に夫が歩き回ったよりも何日か前に、変わったことがなかったか覚えていないかと尋ねた。「いつもと違ったことは起こりませんでしたか？　ご主人の感情に変化はありませんでしたか？」

ミセス・クリーヴィーは力なく頭を振った。「わたしの知るかぎりでは何も。でも、あなたから主人に尋ねたほうがいいでしょう」ほかには何も載っていない炉棚の上のピラミッド型の時計に目をやり、夫人は言った。「間もなく主人が帰ってきます。遅くなる場合は必ず電話がありますから」

ジェスパーソンは室内に視線を走らせた。たぶん電話を探しているのだろう。ミスター・シムズの机で見て感心した、小型で優美な感じのものを。

「ご主人は仕事に電話を使うのですか？　それはお兄様の思いつきですか？」

「兄の？」夫人は微笑した。「いいえ、まさか。兄はそんなことを考えもしなかったでしょう。主人の考えです。結婚して間もなく、主人はこのひらめきに夢中になってしまって。電話を家に一台置かなければだめだと言いました。職場にも一台置くべきだと――間もなく主人は事務所に電話を置いたほうがいい、さもないと時代遅れになりかねないと兄を説得しました。今では兄も主人と同じで、電話を人に勧めているんですよ。将来は誰もが電話を使って仕事するに違いないと、あの二人は断言したいのでしょうね。電報や手紙は人気が落ちるはずだ、と」

わたしは微笑を抑えずにはいられなかった。ミセス・クリーヴィーと目が合い、彼女と考えが一致したとわかった。そのとき扉が開き、実に印象的な男性が部屋に入ってきた。

長身で――ジェスパーソンよりも背が高かった――がっしりした体つきをしている。肩幅が広くて手脚の筋肉は隆々。金髪は長く、印象的な顎鬚を誇らしげに生やしていた。たくましい北欧人風の二枚目で、現代的な服装だとなんとなく不似合だったし、こんなロンドンの居間では場違いに見えた。ヴァイキング船に乗るとか、鎧に身を固めて戦場にいるほうが、はるかに彼にはしっくりきただろう。ミスター・クリーヴィーは昔の物語の本から抜け出してきた英雄のように見えた。

地味で魅力的でもない妻にミスター・クリーヴィーが向けた、情熱的だけれども保護者めいた表情を見たとき、わたしはますます彼が好きになった。ミスター・シムズがよくも彼らの結婚に反対できたものだと思わずにはいられなかった。ミセス・クリーヴィーは夫の愛情にたっぷり浸り、そのおかげで思いがけない輝きが彼女に生まれていた。わたしはミスター・クリーヴィーが口も開かないうちに確信した。結婚生活の不幸に関するドクター・リントンの見解は大間違いだと。

夢遊病者にはよくあることだが、ミスター・クリーヴィーは眠っている間に自分がどこへ行ったかとか、何が起こったとかについての記憶が一切なかった。彼の話によると、以前は苦痛が多い出来事によって夢遊病の症状が引き起こされたという。弟の死、母親の死、学校でのつらい日々、金銭問題、愛する女性に求婚を断わられるかもしれないという恐怖。

「だが、今のわたしには何の悩みもないんです。間違いなく楽しく暮らしています」彼は締めくくった。

ジェスパーソンは言った。「奥様の話では、最初に夢遊病の症状が出たのは十月三日の夜だったそうですね。それから十三日と二十五日、そして最後が二十九日。全部で四回、あなたは出歩いたわけです」

「そのとおりです」

「何か思い当たることはないですか——どんなに取るに足りないことでも——この四日間、または四晩とつながりそうなことはありませんか？」ミスター・クリーヴィーが口を開くよりも先に、ジェスパーソンは鋭い口調で言った。「よく考えてください。何かあるはずです——ぼくはそう確信している——が、考える価値もないほど些細に思えることかもしれない。しかし、その四日間にあなたが朝食に何を食べたかとか、同じ夢を見たとかいった小さなことだとしても、それについて知りたいのです。日記はつけていますか？」

「仕事の約束用のものなら——事務所にあります」

「それでもいいからちょっと見てください。記憶が呼び起こされないかどうかと。その特定の日について考えて、前日に何があったか、覚えていることをすべて書き出してください。心に浮かんだ細かいことをすべてです。どんなに取るに足らないように思えることでも」

ミスター・クリーヴィーはやってみると言った。

「それからもう一つ——個人的な日記をつけてほしいのです。毎日のあなたの経験や感じたことを記録してください」

大柄なミスター・クリーヴィーは椅子の中で身じろぎした。「書くことは得意じゃないんです」

「文字を書くことが重要なのではありません——絵でもいい。好きなやり方でいいから事実を記録してください。備忘録《エード・メモワール》のように。あなたがある晩は眠ったまま歩くのに、ほかの晩はそうしない理由を突き止めるのに役立つかもしれません」

「わたしが手伝うわ、あなた」ミセス・クリーヴィーが言った。「わたしたち、夜は昼の出来事を語り合うじゃありませんか……わたしがメモを取るから、あとでそれをきちんと書き直せばいいわ。

少しやってみれば、何かのパターンが見つかるかもしれません」

「そのとおりですよ」ジェスパーソンは言った。

「何のパターンもなかったとしたら？」

「あるに決まっています」ジェスパーソンは自信ありげに言った。「しかし、今回の件はあなたの記憶だけに頼るわけにはいきません。あなたの行き先がわかれば、その理由も推測できると思います」

ミスター・クリーヴィーは彼の目を食い入るように見つめた。「わたしのあとをつけるつもりですか？」

「お許しがあれば」

ミスター・クリーヴィーはため息をつき、肩を落としてうなずいた。「必要だと思われることは何でもやらなきゃいけないのでしょうな」

「あなたに目を配っていてくれる人がいるかと思うと、気分が良くなるわ」彼の妻が言った。彼女は立ち上がった。「客用寝室が整っているか見てきます。夕食を召し上がりませんか、ミスター・ジェスパーソン？」

「いや、結構です。必要以上にお邪魔したくありません。ミス・レーンとぼくはもう帰って、あとで戻ってきます……お休みになるのは何時ですか？」

ジェスパーソンが十一時に戻ってくることで話がまとまり、わたしたちは家をあとにした――ケーキを何切れかおみやげに持って。

第六章　招待と訪問者

それから数日間、夢遊病者の件に関しては何ら目覚ましい進展はなかった――ジェスパーソンが家に泊まったとき、夢遊病者のミスター・クリーヴィーが夜に出歩くことは皆無だったのだ。クリーヴィーは最善を尽くして記憶を探り、妻にもっと細かいことも探してもらった。だが、食事だの気分だの、家具の移動だのといったことに関して彼が語った何もかも少しも役に立たなかった。

わたしは精神科医のドクター・リントンと話し、クリーヴィー家の使用人たちに主《あるじ》がさ迷い歩いた日の昼や夜について覚えていることを尋ねた。ジェスパーソンはクリーヴィーの雇い人たちと話し、仕事中の彼を観察し、夢遊病に関する文献を求めてロンドン図書館の棚を徹底的に調べた。けれども、最善の努力を尽くしたのに、以前と変わらず闇の中だった。

おそらくこれは探偵よりも精神科医や牧師向けの事件なのだろう。過去からの何かがアーサー・クリーヴィーの感情を呼び覚まし、外出させてしまうのかもしれない。子ども時代の家の前や母親の墓の横で嘆き悲しむために。彼が話してくれたように、母親が亡くなったのは十月だった。十月が終わったら、来年の十月まではクリーヴィーも夢遊病の症状が出ないのではないかとさえ、わたしたちは思い始めた。

将来について希望的観測が持てた短い期間はたちまち終わった。わたしのバッグから硬貨が消えたのと同じくらい早く。わたしが手紙を出した昔の知人たちから便りが届いた。親切な内容ではあったけれど、仕事につながりそうなことが書いてあったものはなかった。ただ、ベニントン卿からの封書についてはジェスパーソンに話せそうなことが書いてあった。

「わたしたちは交霊会に招待されたわ」ミセス・ジェスパーソンも一緒に三人で暖炉のそばに座ったとき、ジェスパーソンに知らせた。「水曜の夜、ベルグレイヴ・スクエアにあるベニントン卿の家でだとか」

この知らせを聞いて彼の母親は驚いたように縫い物から目を上げ、有名な紳士とどうやって知り合いになったのかと尋ねた。

ジェスパーソンは説明した。「ベニントン卿は心霊現象研究協会の後援者であり、支持者なんだ。ミス・レーンが関わった最近の調査に資金を提供したんだよ」

彼はわたしのほうに注意を戻し、ごくさりげない口調で訊いた。「少しは役に立つものかな？　それとも、二時間にわたって賛美歌を歌う間に、ヴェールの向こうの生に関するインドの霊的な導き手からの感傷的な言葉がちりばめられる、といった奴か？」

「そんなふうだとは思わないけれど。ベニントン卿によると、その霊能者は『わたしがこれまで出会った中でもっとも驚異的な霊能者で、霊を物質化する』ということよ。クリストファー・クレメント・チェイスと呼ばれている人」

「まさか！　C・C・チェイスか？　そいつはすばらしい！」ジェスパーソンは顔を輝かせた。「ミス・レーン、きみは本当にダークホースだな！　きみの言い方からベニントン卿をほとんど知らないように想像してしまったが、実は彼の内輪の集まりの一員じゃないか」

「いえ、違います。そうじゃないの――本当に」慌てて訂正した。「正直言って、思い切ってベニントン卿に手紙を書いたとき、彼がわたしを覚えているとは少しも確信が持てなかったのよ」

「きみは謙虚すぎるよ」彼は答えた。「もちろん、きみは忘れられない印象を与えたに決まっている。ベニントン卿がきみのように知的で洞察力がある人間に同席してもらいたいと思うのはいかにも自然なことだ。ロンドンの超一流の降霊術師や霊能力調査員に、彼がC・C・チェイスを紹介するときはね！　卿がぼくも加えてくれて光栄だよ――途方もなく排他的な集まりに決まっているからな」

「ミスター・チェイスってどなたなの？」彼の母親が尋ねた。

「彼についての記事が本当だとしたら、ダニエル・ホーム（一八三三～一八八六。スコットランド、エディンバラ生まれの霊能力者）の全盛期以来、見られていない種類の力を自由に操れるらしい。アメリカ人だが、何年かヨーロッパにいて、彼の力がはじめて人々の注目を引いたのはフランスでだった。たいていの霊能者と違って、彼は懐疑的な人や科学者による検証を歓迎している。暗闇で力を示すことにはこだわらず、物体を動き回らせたり、出現させたり消したりする。空中浮揚も披露しているんだ」ジェスパーソンはゆっくりと首を横に振った。「インチキな霊能者が効果を生み出す方法についてはさんざん読んだ。何を探せばいいか、ぼくはよくわかっている。大半はとても簡単な仕掛けだ。ミスター・チェイスが何をやるとしても、とても高度なものに違いない。フランスで交霊会をやったときは、観察していた多くの科学者や知識人をだましおおせたんだからな」

わたしは落ち着かない思いで眉を寄せた。「彼がみんなをだましたと思っているの——ベニントン卿も？」

「いや」ジェスパーソンはすかさず言った。「ぼくには証拠がない。だからその件については何の意見もないよ。彼が詐欺師だと言うつもりはない——それどころか、詐欺師じゃないことを心から願っているよ！　ミスター・ホームが活動していたころには幼すぎて見られなかったことをいつも残念に思っているんだ。それにミスター・チェイスはミスター・ホームすら越えるほどすばらしい才能がある霊能者らしい」彼は満足そうにため息をつき、宙を見つめた。

わたしはジェスパーソンほど満ち足りた気分にはなれずに、ため息をついて暖炉の火を凝視した。ベニントン卿がどんな反応をするかと考えていたのだ。自分が保護している優秀な新しい霊能者も、降霊術師の地位に群がる多くの詐欺師の一人だと、わたしの友人が暴いてしまったとしたら。心霊現象研究協会は説明のつかない現象に関する適切で偏見のない研究を行なう目的で設立されたが、希望が理性よりも強い場合が多かった。わたしがよく知っているように、ベニントン卿は霊界の存在と死後の生の実在を科学的に証明することに熱心だった。ベニントン卿は本当に心が広いとはいえ、自分がだまされていたことを公表されたい人はいないだろう。

「休みたいかい？」ジェスパーソンが尋ねた。

わたしは驚いてあたりを見た。「今、何て？」

「疲れているのかな？　活動するために力を取り戻しているところかい？」

相変わらずわけがわからず、首を横に振った。「今は特にやることがないだけよ」

彼は驚いたように眉を跳ね上げた。「そうかな？　ベニントン卿の非常に思慮深くて、この上なくありがたく受け入れられた招待に返事をしなくていいのかい？　二人ともうかがいますと、手紙を書かなければならないだろう。何を待っているんだ？」

「ジャスパー！」彼の母親がとがめるように言った。

わたしは声をあげて笑った。ジェスパーソンが堅苦しい態度をとらないことが気に入っていた。わたしを気楽に扱ってもいいと感じてくれることが。ずっと欲しいと思っていた兄のようだった。「急がなくてもいいでしょう」

「だが、今書いてくれれば、今夜出かけたときにぼくが投函してこられるよ」

翌朝はすぐに階下へ行かなかった。ジェスパーソンが帰ってくるまで朝食を待とうと決めた。彼はいつも朝食をクリーヴィー家でとってくる。そこでは料理人が彼を太らせることを任務だと思っているらしかった。でも、ジェスパーソンは家にいるわたしたちを忘れず、ちょっとしたおみやげを持ち帰った――ペストリーやロールパン、マフィンやケーキを。

そういうごちそうも楽しみだったけれど、彼が食事に加わることがもっと待ち遠しかった。彼の母親を称賛していたし、感謝もしていたとはいえ、二人きりだと最高に気楽というわけではなかったのだ。すべて自分のせいだと知っていた。彼女はイーディスと呼んでほしいと何度も言ったのに、わたしは同じような呼び方を申し出ることがなかったし、理由も説明しなかった。わたしたちの交流はうまくいっていなかったのだ。

部屋を掃除し、トランプで一人遊びをやり始めたとたん、ジェスパーソンが帰ってきた物音がした。玄関に話し声が聞こえて、彼らが居間へ移動したとわかったが、ためらいを感じた。お茶を一杯飲みたくてたまらなかったけれど、ふいに思い当ったのだ。わたしが歓迎されていないという気持ちになったことは一度もなかったが、ミセス・ジェスパーソンは息子と二人きりだった日々を懐かしがっているに違いないと。だから一人遊びを終わらせ、いろいろと時間稼ぎをしてからようやく下へ行った。

居間へ入るなり、ジェスパーソンと暖炉のそばで腰を下ろしている女性が母親ではないことを見て取った。彼女はこちらに背を向けていたが、振り返るよりも早く誰だかわかった。青い絹のドレスと、粋な新しい乗馬帽からはみ出している軽やかな黒い巻き毛に気づき、驚きで気分が悪くなり、胃が締め付けられた。

ミス・ガブリエル・フォックスが振り返り、わたしがあまりにもよく知っている、嘲るような勝ち誇った微笑を投げてよこした。片方の目はいぶかしげに細められながらも輝いている。もう片方の目はいつものように眼帯に隠れていた。今日の眼帯は菫色の絹製で、帽子を引き立たせる色合いだった。身構えるように自分が緊張するのを感じ、相手よりも先に口を開いた。

「ここで何をしているの？」それがどれほど失礼に聞こえるかに気づき、わたしは急いで謝った。「ごめんなさい。お客様がいらっしゃるとは思わなかったから」落ち着かない思いで、非難を込めた視線を相棒に向けた。「どうして知らせてくれなかったの？」

ジェスパーソンは無頓着な様子で肩をすくめた。「ベルを鳴らせとでも言うのかい？　きみがどこにいるかわからなかったよ。ぼくがミス・フォックスに会ったのは扉の前だ。彼女がノックする前に止めたんだ」

わたしは室内を見回した。彼女の鋭い凝視から逃れたかった――ジェスパーソンの視線からも。わたしは彼女に対して冷淡であっても、完全に平静でいなければならない。

「ミス・フォックスに何か飲み物を勧めたの？」ティートレイの影も形もないことに気づいて尋ねた。

「わたしもまだ一杯もお茶を飲んでいないのよ」

「これは失礼。あなたの物語があまりにも興味深かったので、社交上の常識を忘れてしまいました」彼はガブリエルに言った。

どんな物語をガブリエルが話したのかと考えて、わたしは心臓が止まりそうになった。

「お茶をいただきたいわ」ガブリエルは輝くまなざしをジェスパーソンに向け、わたしに注意を戻した。「わたしがどんなにお茶を好きか覚えているわよね。もし、いただけるなら、中国茶がいいわ。お砂糖は少しで、ミルクはいりません」

「ぼくが取ってくる」わたしが動きもしないうちにジェスパーソンは言った。

心が沈んだ。わたしが何よりも恐れていたのは、抜け目ないミス・フォックスと二人きりで残されることだったのに。とにかくやり過ごさなくてはならない。覚悟を決め、彼女の隣の、ジェスパーソンが座っていた席に腰を下ろした。「それで、ミスター・ジェスパーソンにどんな物語をなさったの？」

「あらあら、ずいぶん事務的な態度なのね！　まあ、驚かないけれど。あなたたちにはかなりたくさんのお得意さんがいるに違いないわね。お得意さんとは昔からの友達みたいに寛いで、ただおしゃべりするわけにはいかないわよね……本当に昔からの友達だとしても」ガブリエルはとがめるように口をとがらして見せた。

彼女が友情を主張することに異議を唱えたかったが、わたしは唇を引き結んで何も言わなかった。

「犯罪を解決することにあなたが秀でているといいわね」彼女は言い、小首を傾げた。「ミセス・トレイルにそう言ったのよ。あなたの新しい冒険のことを彼女から聞いたときにね。そんなわけで今日、わたしはここに来たの」

「犯罪事件の解決をわたしたちに頼むため？」

ガブリエルは目を見開いた。「犯罪でないといいわ。とにかく、これは間違いなく謎よ。ド・ボーヴォワール姉妹と会ったことはあって？」

その名前に聞き覚えはあった。どちらかと言えばおもしろみに欠けるきれいな顔をした、瓜二つの姉妹がぼんやりと記憶にある。「双子よね、とても若い」記憶をたどりながら顔をしかめてわたしは言った。「一種の読心術の演技をする子たちだと思うけれど」

「演技じゃないわ。あの二人はとても並外れた才能を持っているのよ。本物の透視能力も」

「彼女たちがあなたの謎とどう関係があるの？」

「彼女たちこそが謎なのよ。少なくとも、謎の一部」ガブリエルは舌で唇を湿し、わたしのほうへいくらか身を乗り出した。「三週間ほど前、彼女たちは姿を消してしまったの。消え失せたのよ。二人はいつもの時間にベッドへ行った。何も悪いことなど起こりそうになかったのに、翌朝、彼女たちのベッドは空っぽになっていた。それ以来、この姉妹を見た者はいないし、何の知らせもないのよ」

「いくつなの？」

「まだ十六歳よ」

「ご家族は警察に知らせたの？」

ガブリエルが重々しく首を横に振ったので、家族は何かしら醜聞を恐れる理由があるのだろうとわたしは思った。次の言葉を聞き、確信は強まった。

「ある若い男性も姿を消しているの。このごろ、あなたがどれくらい降霊術師の集まりに関わっているのかは知らないけれど、彼はなかなかの人気者なのよ。最近パリから来たばかりで、ロンドンの人々を魅了するだろうと期待されていて——」

「クリストファー・クレメント・チェイス?」

ガブリエルは驚いた顔でわたしを見て、激しくまばたきした。「そんなはずないでしょう! 違うわ——ミスター・チェイスが今ロンドンにいるという噂は聞いたことがあるけれど——なぜ、そんなことを言うの?」

〝興味深いわね〟とわたしは思った。ガブリエルが交霊会に招かれていない可能性はあるだろうか? 彼女がベニントン卿やその仲間のお気に入りでなくなったなんてあり得る? 「わたしもあなたと同じ噂を聞いたのでしょうね。だから〝人気者で、最近パリから来た〟という言葉を聞いて、彼の名が心に浮かんだのよ」

「ミスター・チェイスも失踪したわけじゃないわよね?」

「失踪したと思う理由はないけれど。あなたが今日ここに来る前は、誰にせよ、失踪した話など耳にしなかったもの。どうか話を続けて」

ガブリエルは体をくねらせて椅子に深く座り直し、自分を落ち着かせた。「わたしが言おうとしている男性はフランス人よ。ムッシュー・リボー。彼は霊を物質化する霊能者で、優れた力を持つと報告されているわ。わたしは会ったことがないの。たしか二十四歳くらいで、魅力があってすてきだとか。そしてド・ボーヴォワール姉妹は失踪するほんの一週間前、彼と話しているところを目撃されているの。何か不適切なことがあったとほのめかすつもりはないわ。それは十月の始め、尊敬を受けている方の個人宅での社交的な集まりでのことで、姉妹にはきちんとお目付け役が付いていた——でも、ほぼ一晩じゅう、姉妹のどちらかがムッシュー・リボーの傍らにくっついていて、そんなところを見た誰もが同じような印象を受けたのでしょうね。彼らがお互いに強く惹かれ合っていると」

「姉妹の一方が彼と相思相愛ってこと?」

「まあ、そうね」ガブリエルはおもしろがるような共謀者めいた表情をして見せた。「ド・ボーヴォワール一家は娘たちがグレトナグリーン(スコットランドの小さな町。駆け落ちの地として知られる)から帰ってこないかと願っていたでしょうね——またはパリか、近ごろの人々が駆け落ちするどこからでも——姉妹の一人は今や法的にマダム・リボーとなり、もう一人は付き添い役をいそいそと勤めてね。その男性がフランス人でも家族は気にしなかったでしょう。自分たちはド・ボーヴォワールという名なのだから」

「でも、姉妹の両方とも彼を愛していて、男性のほうはどちらとも結婚しなかったとしたら……」

わたしは暗示を込めて眉を上げた。

ガブリエルは気取った笑い方をした。「連絡もなしに日が過ぎていくごとに、姉妹は世間体を失っていくに違いないわ。どこかで偽名を使って、卑劣な誘惑者と暮らしていると思われているでしょうね。

「でも、ムッシュー・リボーから何か連絡があった人は一人もいないのよ。宙から物体を取り出す能力でイギリスの降霊術師の集団を感心させるという彼の計画はどうなるの？　ムッシュー・リボーの実演を見たことがないから、わたしには判断できないけれど、評判はいいわ。いくつか個人の居間でなら実演したし——彼がこうして急に姿を消さなかったら、わたしはその一つに出席したかったわ——一週間、〈エジプト館〉で興業することが決まっていたのよ。〈ロンドン・パヴィリオン〉で公演する可能性もあったし。彼は本当にそんなものをすべて投げ捨てたのかしら？　若い娘二人と逃げ出すために、お金も名声も得る機会を捨てたの？」

「ムッシュー・リボーには個人的な財産があるとか？」

「とんでもないわ！　それに娘たちは何も持たずにいなくなったのよ——文字どおり、バッグ一つさえ持たずに。そういった才能を頼りに生きなければならない大半の人と同じで、ムッシュー・リボーも裕福な友人たちに頼っていたの——わたしが聞いているところでは、フランスでもイギリスでも、そういう友人の誰一人として、ここ数週間、彼から連絡を受けてないそうよ。三人の若者がただ宙に消えてしまったみたいなの」

「もしかしたら、彼らは偽名でアメリカに渡って、今ごろはニューヨークとかバルチモアで観客を驚かせているのかも」わたしはほのめかした。

「ここで確実に手に入るものを捨てて、見知らぬ国で、誰からも知られていない人として一からやり直すわけかしら？」

十六歳の少女が逃げ出そうと決心する状況なら、平凡なものから悪趣味なものまで、わたしにはいくらでも想像できた。とりわけ、勇敢な保護者がいる場合は。

「わたしだってそんなことは考えたわ」わたしの心を読んだかのようにガブリエルは言った。「わたしは確信したの。彼は自分のことを、家族という牢獄から姉妹を救い出したと考えていると。そして彼らはほかの国で新たな人生を始めているんじゃないかって。間もなくわたしたちは、この驚嘆すべき霊能者の三人組についての情報を、ボストンとかモントリオールから知ることになるかもしれないわ、と思ったの。でも、ヒルダ・ジェソップも失踪したことを知ったとき、自分が間違っているとわかったわ。ド・ボーヴォワール家の者も間違っていたのよ。恋愛沙汰についての証拠なんて何もなかった——姉妹を誘惑したと思われている男性に彼女たちが会ったのは、姿を消す前に一度だけ。ド・ボーヴォワール姉妹がムッシュー・リボーとつながりがあると思われたのは、彼が失踪したのと同じ週にいなくなったからなの」

「ちょっと待って——何のつながりもなかったというの？　それじゃ——」

ガブリエルはいらだたしげに目を細くした。「もちろん、つながりはあるわよ。ちゃんと注意してちょうだい！　でも、わたしもそうだったけれど、間違ったつながりに目を向けられていたの。もう、わたしにはわかったわ。いいこと——失踪したのは若い男性が一人と、若い娘が二人ではないのよ。姿を消したのは全部で四人。一カ月のうちに、四人の霊能者がいなくなってしまったの。何の手掛かりも残さずに」

第七章　消えた霊能者

ジェスパーソンがお茶のトレイを持って入ってきたとき、わたしはミス・ヒルダ・ジェソップについて知っていることを思い出そうとしていた。

ヒルダ・ジェソップは何年もの間、降霊術師の集まりの隅をうろついていた。彼女の年齢は四十代から六十代のうちのどれとも考えられた。彼女が最高に人を引き付ける予言者だと考えられたときもあった。予言した通りの出来事が起こったことで信用されたのだ。けれども、あとになってヒルダはいかさまを見抜かれてしまった――情報を使用人たちから金で買い、手紙を盗むようにとその一人を賄賂で抱き込んだことさえあったのだ――将来を嘱望された彼女の経歴はそこで終わった。それでもヒルダは自分を避ける人たちにしがみついた。ほかに行き場所がなかったのだろう。そこで当然ながら疑問が湧き上がってくる。行くところがなかったのなら、ヒルダはどこへ行ったのか？

「ミス・ジェソップが失踪したと報告したのは誰なの？」

ミス・フォックスは間髪を入れずに答えた。「わたしよ。でも、ヒルダが何カ月も家賃を払っていなかったことがわかったとたん、警察は関心を持たなくなったわ。本当の話、彼女だって夜逃げを知らないわけではないでしょう。でも、彼女が下宿している――下宿していた――家の人たちは優しくて寛大なの。支払いを強要したりしなかったでしょう。ヒルダが逃亡する理由はないのよ」

ジェスパーソンはミス・フォックスに一番近い予備のテーブルにお茶のカップをさりげなく置いた。わたしに向かって眉を上げ、お茶はどうかとばかりにティーポットを指して見せる。

わたしは首を横に振り、ミス・フォックスのほうへ身を乗り出した。「ヒルダがいなくなったことを知ったのはいつなの？」

ガブリエルはため息とともに椅子の背にもたれ、お茶に目を留めると、ジェスパーソンのほうに微笑を向けてから答えた。「そうね……この間の火曜の夜にちょっとした集まりがあったの……ハロウィーンの前の晩よ。トレイル夫妻が招待主で、ヒルダも招かれていたのだけれど、現れなかった。具合が悪いのかもしれないと思って、翌日、わたしは彼女のところを訪ねたの――というか、そうしようとしたのよ。下宿先の家の子どもたちが日曜からヒルダさんを見ていないと話してくれたわ。おそらく教会へ出かけるところを見られたのが最後でしょうね。ヒルダがいつ帰ってきたのか、帰ってきたのかどうかも誰にもわからないの。最悪のことを想像して、わたしは大家さん――ミセス・ビッカーとか、ビーカーとかいう人だったわね――に頼み込んだわ。扉の鍵を開けてほしいと」ガブリエルは口をつぐんでお茶をすすり、かすかに顔をしかめた。わたしには理解できた。お茶は中国茶ではなく、インド製だったのだ。

ガブリエルはため息をついてカップを置き、話を続けた。「ヒルダは部屋にいなかったけれど、持ち物は全部そこにあったの。服も本も、つまらない小物もね。背に銀の細工が施されたブラシや鏡も化粧台に載っていたわ――カードも」

わたしは寒気を感じた。借金から逃げ出す人なら、質に入れられるようなものを残していくはずがない。それにヒルダのカードは特別な品で、はるばるエジプトから取り寄せたものだから、持っていくに違いないのだ。「彼女の身に何かが起こったのだと思う？　教会へ行く途中、または帰ってくるときに？」

「いいえ。ヒルダの部屋を見たとたんに気づいたわ――ダイ、ベッドは整えられていなかったのよ。ヒルダがまずベッドを整えもしないで教会へ行くなんて想像できて？」ガブリエルに手を取られたが、わたしは抵抗しなかった。「彼女を探すのに手を貸してくれるわね？」

「もちろんよ」ほかの答えができるはずはなかった。これはわたしたちが受けるべき種類の事件でないとはわかっていた。お金をもらえる仕事を是が非でも欲しい状況なのだから。ヒルダはこの世界では忘れられた人間の一人だ。彼女が戻ってくるようにと報酬を払ってくれる家族も裕福な友人もいない。でも、彼女が何の痕跡も残さずに消えたわけではないことを、わたしは全力を尽くして確かめなければならないだろう。

「ありがとう」ガブリエルはわたしの手を強く握りながら小声で言った。それからなんとも驚いたことに、わたしの手を放してバッグに手を突っ込むと、ビーズ製の財布を取り出したのだ。「一日単位でのお支払いかしら？　それとも、一時間単位で報酬を取るの？」

支払いのことはあとで話しましょうと言いそうになった――〝あとで〟は決してやってこないだろう――けれども、幸運にもジェスパーソンのほうが先に口を開いた。「うちの業務については基本的に一日単位で料金をいただいています。そして調査がどれくらい続くか予想できないので、前払いで予約金をお願いするのが通常です……あなたに異議がなければだが？」

「手を出して」ガブリエルがわたしに言った。どういうつもりかといぶかりながら、手を差し出すと、彼女はわたしのてのひらに硬貨を何枚も振り落した。こぼれ落ちないようにと、てのひらを閉じなければならなくなったとき、彼女は音をたてて財布を閉めた。「今はそれで充分だといいけれど。でも、もっと必要なら言ってね」

わたしが仰天したのはガブリエルが気前よかったからではなく、そんなにたくさん金を持っていたからだった。「ありがとう」つぶやくように言った。「これは充分……」

「心配しないで――もっと払ってあげるから」

「心配したわけではないのよ」わたしは銀貨をしっかり握り締めて言った。「ただ驚いただけ。この前、わたしたちが会ったときは――」

「わたしは運が開けたの」ガブリエルはすかさず言った。「幽霊屋敷はこのことと関係ないわ。わたしはある天才を見つけたの――すばらしい才能を持っている人よ――霊的な才能がある人なの！

ぜひ彼女をあなたに紹介したいわ。でも、あなたは心霊研究なんかに関心をなくしてしまったのかもね」

「ぼくはその課題に間違いなく強い関心を持っていますよ」ジェスパーソンが言った。目を輝かせ、あふれんばかりの熱意を見せてガブリエルの注意を自分に惹きつけようとしていた。

ガブリエルは猫を思わせる微笑を軽く浮かべて彼からわたしへと視線を向けた。「だったら、ロンドンに登場したばかりの、もっとも驚異的な才能の実演にお二人を招待してもよろしいかしら。わたしが応援している人――シニョーラ・フィオレルラ・ギャロ――が明日の夜、〈ウェスト・ロンドン・メソジスト・ミッション・ホール〉で行なうの」ガブリエルはまたバッグに手を伸ばすと、派手な身振りで二枚の厚紙を見せた。「招待券です。お二方がこの公演の噂を広めてくださるといいわ。まだ当日券が残っているのよ。一枚につき六ペンスで」

ミス・ジェソップの最後の住所はロングリッジ通りとなっていた。地下鉄のアールズ・コート駅から歩いてすぐのところだ。着いてみると、予想していたような、窓に家賃を書いた紙が貼ってあるみすぼらしい下宿ではなかったので、わたしは驚いた。黄色の煉瓦造りのテラスを備えた白のスタッコ仕上げの建物で、建てられて日が浅いかとてもよく維持されてきたかで、玄関はロンドンで典型的な、歳月によるくすんだような灰色にはまだ変わっていなかった。

ガブリエルが間違った住所を教えたのではないかと半ば危ぶみながら、階段を上って玄関扉へ行った。わたしは一人だった。時間をもっとも有効に使うなら、ミス・ジェソップについて下宿人に質問するのはわたしだけでやり、その間、ジェスパーソンはムッシュー・リボーに関する情報をもっと追ったほうがいいという彼の提案に賛成したからだ。

ノックに応えて現れたのは、ありふれた濃い色のドレスに糊の効いた真っ白なエプロンを身に着けた、深刻な顔つきの女性だった。わたしがミス・ジェソップの友人だと名乗ると、彼女の表情はやわらいだ。

「まあ！　あのご婦人の——何かお知らせがあるのですか？」

「ないと思います。わたしは共通の友人から調査を依頼されたのです」

「ミス・フォックスですか？」

「ええ」

彼女がこの上なく悲しげな表情を浮かべたままこちらを見つめるばかりだったので、わたしは尋ねないわけにいかなかった。「入ってもよろしいですか？　ほかの下宿人の方々とお話ししたいのです。ミス・ジェソップを知っていた全員に」

彼女ははっとしたようだった。「まあ、なんてこと。ずいぶん失礼だとお思いになったでしょうね。こんな寒くて湿気の多い外で立たせっぱなしにしていたなんて。どうぞ。中でお待ちいただけたら、ミセス・バランタインがお会いできるか見てまいりますので」

玄関ホールを見回したが、どう見てもここは下宿屋というよりは個人の家という感じだった。たしかに扉の後ろの傘立てには異常なほど多くの傘が入っていた。それを除けば、目に入るブーツや靴やコートは子どもが三人いる程度の数しかなかった。

ほどなくしてさっきの使用人が戻ってくると、応接室にいるミセス・バランタインのところに案内してくれた。ミセス・バランタインはふくよかな体つきで、母親のような顔立ちの女性だった。事件へのわたしの関心が仕事上のものだと知ると、彼女は驚いていたが、間違いなく安心したようでもあった。

「この話を真剣に受け止めてくれる人がいてありがたいわ。警察は何もしてくれそうにないですからね――ミス・ジェソップが自分の意思で出ていったのではないという証拠がないと言うんですよ。でも、出ていく理由がありますか？　ここは彼女の家なんですから」

「ミス・フォックスの話では、警察はミス・ジェソップが家賃を払わなくても済むように出ていったと考えているそうです」

「そんな、ばかばかしい！」ミセス・バランタインは今にも椅子から飛び上がって地元の警察まで走り、自分の意見を突きつけてやりたいと言わんばかりだった。

「ミス・ジェソップは家賃を滞納していたのですね？」

「ええ」ミセス・バランタインは椅子の背にもたれ、後悔しているとばかりに優美な身振りをして見せた。「でも、わたしは何度となく彼女に言っていたのですよ。ここはいつでもあなたの家です、と。わたしたちはいくら感謝しても足りなかったのですから――ミス・ジェソップがこちらに借りがある以上に、わたしたちも彼女に借りがあったのです」

ミセス・バランタインは事情を話してくれた。混乱していて、ついていくのが楽とは言えない話だった。不注意な子守り女、子ども部屋の暖炉にあった燃えさし、ハイハイを始めたばかりできれいな炎を見た赤ん坊といった事柄が入っていた……

自室でいつものようにカードの一人遊びをしていたミス・ジェソップは、〝ある光景〟が見えた――彼女は大慌てで階下へ走り、子ども部屋に飛び込んで、火傷をする寸前に赤ん坊から燃えさしを取り上げたのだった。ミセス・バランタインの劇的な想像によると、ミス・ジェソップは家が燃え落ちることを防ぎ、全員を救ったのだった。少なくとも、彼女の行動のおかげで、赤ん坊はひどい火傷をせずに済んだのだ。ミセス・バランタインが感謝するのも無理はなかった。

「ミス・ジェソップがここに住んでどれくらいになりますか?」

「九月で一年です。ミス・ジェソップは前にいたところを出なければならなかったのです……実を言うと、数か月分の家賃を滞納したという疑いをかけられたとか」

わたしは以前にヒルダ・ジェソップと会った、パディントン駅近くの裏通りにある陰気な下宿屋を思い出した――この快適な環境とは大違いだった。それにわたしの経験からすれば、借金から逃げている人々の暮らしが良くなることなんてめったにない。

「彼女はどういうわけでここへ?」

「それはミスター・スウェイトが――牧師さんですが――彼女を紹介したからでした」

「ミスター・スウェイトは奥様の教会の牧師なのですか？」

ミセス・バランタインはおもしろがるような顔になった。「まさか、わたしの教会ではありません！　わたしたちは英国国教会の人間です。ミス・ジェソップはメソジストです。ミスター・スウェイトの小集団の一員ですよ」

「いったいどうして、奥様がミスター・スウェイトと知り合いになられたのでしょうか――かまわないなら、うかがいたいのですが？」

「彼もうちの下宿人なのです」

「下宿人は何人置いているのですか？」

「三食賄《まかな》い付きの下宿人は三人です――ミスター・スウェイトとミス・アーノルド、かわいそうな親愛なミス・ジェソップ――それに賄いなしの下宿人、ミスター・ウィリアム・ウォレスがいます。ミスター・ウォレスはクラブや親類のところで食事を済ませますし、そのうえ仕事でしょっちゅう出張をしている人で、今もいないのですけれど」

「よろしければ、みなさんと話したいのですが」

「もちろん、かまいませんよ。ミスター・スウェイトもミス・アーノルドも今いるでしょう。ミスター・ウォレスは、そうですね、いつ戻ってくるのかはわかりません。でも、あの人がミス・ジェソップについて話せることはないでしょうね。あまりここにいないし、いるときは部屋に閉じこもっていますから」

「ミス・ジェソップが姿を消したとき、ミスター・ウォレスはここにいましたか?」

ミセス・バランタインは眉を寄せて考えていた。「よく覚えていませんが……いいえ、いなかったわね。金曜の朝に出かけて、火曜の何時かに帰ってきたんでしたよ」

「奥様のお子さんの一人が最後にミス・ジェソップを見たそうですね」

ミセス・バランタインは苦悩の表情を浮かべて説明を始めた。いつもどおりにミス・ジェソップが日曜の礼拝に出かけていくところを子どもたちが見たとはいえ、いつ戻ってきたのか——そもそも戻ってきたのか——を目撃した人はいないのだと。バランタイン夫婦はその日、親戚を訪ねに出かけていたので、普段の温かい食事ではなく、ミセス・バランタインは冷肉やチーズ、パン、サラダといった食事を下宿人に出していった。けれども帰ってくると、どれも手付かずだったことがわかった。ミス・アーノルドは伯父と伯母のところへ食事に出かけ、ミスター・スウェイトは——ミス・ジェソップが朝の礼拝に出席していたことを確認できただろうが——教区民の数名からたっぷりともてなしを受けたため、八時ごろにロングリッジ通りへ戻ってきたときは満腹で何も食べられなかったのだ。

「もしかしたら、ミス・ジェソップは食事に招かれたのではないでしょうか?」

ミセス・バランタインはそんなことを全然知らなかったという。それに、ミス・ジェソップが冷たい食事に手をつけなかったという事実は何の証明にもならなかった。彼女は少食で食事の時間をよく忘れた——本を読んでいたり、居眠りしていたり、特製のカードで一人占いをしていたりして食事時間がわからなくなることは珍しくなかったのだ。ミス・ジェソップが食卓に現れないと、ミセス・バランタインが子どもの一人を部屋にやって扉をノックさせることもあった。

「月曜日にはお子さんに扉をノックさせましたか？」

「覚えていないわ……とても忙しかったものだから……でも、わたしが火曜日に彼女の部屋まで行ったことはよく覚えていますよ。扉には鍵が掛かっていたから、外出中だと思ったの。その翌日に彼女のお友達が訪ねてきてはじめて、何か悪いことがあったとわかったのよ」

「部屋を見せてもらえますか？」わたしは訊いた。

「もちろんです。すべてそのままにしてあります」

ミス・ジェソップの部屋は家の最上階にあった。その階にはもう二部屋あり、一つは前に述べた下宿人のミス・アーノルドの部屋で、もう一つは料理人と、わたしに扉を開けてくれた女性、ミセス・バランタインがビッカーと呼ぶ雑役婦が共同で暮らしている部屋だった。

ミセス・バランタインがミス・ジェソップの部屋を開けようとしたとき、わたしは尋ねた。「扉の鍵は内側から掛かっていましたか？　それとも、外側からでしたか？」

彼女はぽかんとした表情だった。「そんなこと、どうやってわかるというの？」

「つまり……もしも鍵が鍵穴に刺さったままでなければ……」

「いいえ、鍵は刺さっていませんでしたよ」

「鍵は部屋の中にあったのですか？」

「探そうとも思わなかったわ」

「部屋を捜索してもかまいませんか？」

「気の毒なミス・ジェソップも文句を言わないでしょう」

家の表側に面したその部屋はまずまずの広さで、居心地良さそうに家具がしつらえてあった。ベッドはまだ整えられておらず、それを目にしてわたしは寒気を感じた。急に逃亡することになったとか、誘拐されたとすら考えられることを示唆するのに、このベッドよりも明白なものはないのでは？　上掛けはめくられ、枕には頭を載せた跡がついたままだ。

ベッドを別にすれば、部屋は整頓されていた。ガブリエルが言っていた品物があった。ヘアブラシと鏡、書棚の本。彼女のカード——有名なカードが数束——は本と同じ棚に、濃い紫の絹のスカーフに包まれて置いてあったが、何かが足りなかった。

「聖書は？」

「聖書は教会へ持っていったはずです」ミセス・バランタインは言った。「彼女はいつも持っていったと思います」

となると、そもそもの疑問に戻ってくる。ミス・ジェソップは日曜の午後にここへ帰ってきたのか？　それとも、帰ってこなかったのか？　彼女はベッドを整えもせずに、聖書を持って教会へ出かけたのだろうか？

衣装戸棚を覗いて、ミス・ジェソップの手持ちの服がわたしのものと同じくらい少ないことに気づいた。しかも、さらに年月を経ている。色褪せた黒の服が多かった。コートは見つからなかったが、靴が一足あった。踵がかなりすり減った、実用的な足首丈の革の編み上げブーツだ。その脇には中身が空っぽでぐんにゃりした旅行鞄が一つと、帽子箱が一つ並んでいた。

ミセス・バランタインに、なくなっている物を一覧表にしてもらえないかと頼んだ。「おそらくミス・ジェソップは帽子を二つ持っていたと思います……それに別の靴もあったはずでは？　最後に彼女に会ったとき、どんな服装だったか覚えていますか？」

わたしの質問にミセス・バランタインは慌てた。「あら、まあ……そんなこと……彼女が何を着ていたかなんて注意して見たことはなかったわ――もちろん、いつも同じまともな服装でしたよ。ややくたびれた印象だったけれど」ミセス・バランタインは自分が役に立てそうな機会に気づいて顔を輝かせた。「コートがなくなっています！　彼女は焦げ茶色のオーバーコートを持っていました。それからたぶん、茶色の帽子をかぶっていたでしょうね――コートとは色合いの違うものを。広い縁がついていました。ああ、それから緑のスカーフがあったはずです」わたしは枕を持ち上げたが、その下には何もなかった。毛布の下にも皺くちゃのシーツがあるだけだった。ベッドの下を覗くと、みすぼらしいスリッパが転がっていた。引き出しの中には手袋やちょっとした身のまわりの物があった。封書が一束と便箋が一束、ペンとインクが入っていた。日記はなかったが、住所録があった。住所録を見てみた。怪しい関係をうかがわせる名前がその中にないかと思ったのだが、収穫はなかった。わたしは部屋の隅から隅まで、床も隈なく探したが、何の手掛かりも見つからない。けれども、ミス・ジェソップがベッドから拉致されたのだとしたら、誘拐犯がわざわざ頭文字入りのハンカチだの外国製の煙草だのを落として、わたしたちの推測を手助けしてくれるはずはないだろう。とうとう、部屋の捜索をあきらめるしかなかった。

ミセス・バランタインの許可を得て、ヒルダ・ジェソップの住所録は持っていることにした。これに載った誰かから情報が得られるかもしれないし、曖昧な笑みを浮かべて謝罪したミス・アーノルドよりも役に立つだろう。ミス・ジェソップの部屋の向かいに下宿しているミス・アーノルドは問題になった日の昼も夜も、隣人の部屋については何も見聞きしなかったという。「彼女はいつも静かで引きこもっていました。お客様が来たこともありませんし」

牧師のミスター・スウェイトはミス・ジェソップが朝の礼拝に出席していたことを確認した――彼女はたぶん遅刻しなかったし、慌てていた様子も動揺していた様子（整えられていなかったベッドのことを考えて、わたしはこの点を尋ねたのだ）もなく、帰りは「平和に」見えたと言った。この表現は不適切に思われたが、ひょろりとして熱心な若い牧師が容疑者だとは考えられなかった。この家ではウィリアム・ウォレス――名前は立派だが――一人だけが悪人候補に思われたが、顔を合わせたとたん、彼は自分への嫌疑を晴らしてしまうだろう。わたしはウォレスに置き手紙をすると、メイドと話したいとミセス・バランタインに頼んだ。

ミセス・バランタインは怪訝そうな表情だった。「わたしのメイド？」

「戸口で迎えてくれた使用人です」

「ビッカーね。でも、どうして彼女と話したいのかしら？」

わたしが使用人を横取りしようとか、巻き込もうとしていると、ミセス・バランタインが疑っていたかどうかはわからない。「ミス・アーノルドは少々耳が遠いんじゃないかと思わずにはいられませんでした……ビッカーも同じ階で寝起きしているとのお話でしたので……」

「何か変わった物音を聞いたら、ビッカーはわたしに話したに違いありませんよ」

「もしかしたら、変わったところはない物音だったかもしれません。話してもよろしいですか？」

ミセス・バランタインはため息をついて折れた。「ええ、いいですよ。でも、あまり長く彼女を引き留めないでね――それからお願いですから、動揺させないでください。ビッカーはこれまで雇った中で一番の雑役婦なの――彼女がいなかったら、家を切り盛りできないわ――だけど、ばかにされたなんて思ってしまったら――」

「決してばかになどしません。動揺ということですが、ミス・ジェソップが突然いなくなったことほど動揺させられる事態はないと思います」わたしが質問せずに帰ったら、そのほうがビッカーは気分を害するはずだという意見はつけ加えなかった。

ミセス・バランタインはベルを鳴らして雑役婦を呼び、わたしが何を望んでいるかを説明した。そして居間にビッカーとわたしを二人きりにして出ていった。

わたしは腰を下ろしたが、ビッカーが座らなかったので、また立ち上がった。「あまり長く引き止めないようにします」わたしは言った。「いくつか質問があるだけです。日曜日にはミス・ジェソップに全然会いませんでしたか？」

「はい。日曜はあたしのお休みの日です。早朝の礼拝へ行くので、いつも誰も起きないうちに家を出ることにしています」

「何時に帰ってくるのですか？」

「あの日曜は——八時前には自分の部屋にいました。七時から八時の間だと思います」

「それで、家に帰ったときにミス・ジェソップには会わなかったのね」

「はい、でも、彼女は部屋にいましたよ」

わたしが尋ねるように眉を上げると、ビッカーは説明した。「扉の下の隙間から明かりが見えたんです」

これを聞くや興奮がこみ上げてきた。ミス・ジェソップが日曜の朝にここを出たあと、また家に帰ってきたというはじめての証拠だ。「何か聞こえましたか？　夜、彼女の部屋から物音がしたとか、何かあったとか？」

ビッカーは首を横に振った。「何もありません。あたしはぐっすり眠るたちで、まわりの音に悩まされないんです。それでよかったってところですね。だって料理人のいびきときたら、まるで……なんと言ったらいいか。あの夜もいつもと同じ夜みたいでした——あたしにとっては」

ビッカーは意味ありげな視線を向けてよこした。なぜかはわからなかったが、返事を期待しているようだったので、わたしは言った。「でも、ミス・ジェソップにとってはいつもと同じ夜じゃなかったのよ」

ビッカーはわかりますと言わんばかりにうなずいて言った。「彼女は予想していました」

「何を?」

「さらわれることを。それは良いことになると彼女は思っていました——怖がってはいませんでしたよ。ミス・ジェソップは自分のことを気の毒がらなくていいとあたしに言いました。自分はもっといい場所にいるだろうからと」

わたしは眉を寄せ、この言葉の意味をつかもうとしていた。「いつ、彼女はそんなことを言ったのですか?」

「いなくなる一週間くらい前です。あの嫌なガキがちょうど——」ビッカーははっとして口をつぐみ、思い切り首を横に振った。「気にしないでください。子どもたちが騒ぎ回るのを許しておくことが気に入らないと言えば十分でしょう。一番上の男の子が特に罰当たりで。もっともあの子たちはみんな——」

「あなたは動揺していたのですね」わたしは言い、脱線しかけた話を元に戻した。

「そうです! それで、辞めますと言おうと決めたとき、ミス・ジェソップが——あの親切な婦人はいつも優しくしてくれましたよ——カードで占ってあげると言ったんです。彼女がときどきそんなことをしていたのは知っていますよね?」

わたしはうなずいた。

「あなたは状況を変えることを考えているでしょう、カードはその選択が正しいかどうかを知る手助けをしてくれると言ったんです。お金は取りませんでしたよ。ただ善意から占ってくれたんです」

容易に動揺してしまうビッカーを刺激しないように注意しながら、わたしはあえて話をさえぎることにした。

「ミス・ジェソップはとても親切な女性よね」わたしは温かい口調で言った。「でも、彼女は何か自分の運命について話したんじゃなかった？」

「ああ、それは占いをやったあとのことです――あたしはとても感謝しました。彼女のおかげで大変な間違いをしなくて済んだんですから。だってここで、まさにこの家で、あたしにとてもいいことが起こるだろうと言うんです。きっと誰かに出会うって――」ビッカーは真っ赤になり、わたしがまったく見知らぬ人だということを思い出したに違いなかった。ロマンチックな妄想を詳しく話せるほど信じられる人ではないと。いきなりその話をやめて、早口に言ったからだ。「自分の運勢をカードから読めるなら、何をしたらいいか、いつもわかっているんでしょうね、とあたしはミス・ジェソップに言いました。そんなことはわからないし、やりたくないのよ、と彼女は言いました。でも、ときどき幻が見えるのだとか――自分から求めなくても、向こうからやってくるそうです。それからミス・ジェソップはごく最近、そんな幻を見たと話してくれました。天使が彼女を腕に抱き上げて天国まで運んでくれるというものだったそうです。とてもすばらしかったし、ちっとも怖くなかったわ、と彼女は言いました。でも、それは彼女の寿命があまりないことを意味するわけですが。あたしは泣きそうでしたが、彼女は気にするなと言ったんです。自分は気にしていないからと――その幻の意味は、ミス・ジェソップがあの世へ行き、何も怖がらなくてもいいということだと言うんです――だから、あなたが戸口にいらして、ミス・ジェソップのことで来たと言ったのを聞いたとき、あたしは思ったんです。きっと遺体が見つかったに違いないと。だって、彼女の魂は幻で見たのと同じように、天使たちと一緒に天国にいるに違いありませんからね」

第八章　失踪したほかの霊能者

「誰も彼女を誘拐していないわね。彼女は自分の意思で、静かに、すばやく、火事から逃げるように突然、出ていったみたい――もっとも、扉の鍵を閉めていくくらいの時間はとっています。ベッドは整えられていなかったけれど、寝間着はなくなっていた。となると、靴を履いてコートを着て帽子をかぶるだけで出ていったことになるわね。聖書以外、何もかも置いていったようで――それほど残していく物もなかったわけだけれど」ふたたびガウアー街へ戻ると、わたしは説明を終えた。

「彼女は天使の幻を見たから、人生を捨てたというのかい？　だったら、どこへ行ったんだ？　天国まではそう簡単にたどりつけないぞ」ジェスパーソンは物思わしげに嘆息し、椅子が傾いて前脚が浮くほど背もたれに体を預けた。「きみの言うとおりだと思うよ。誘拐の証拠は一切ない。暴力的なやり方ではね。だが、誰かがミス・ジェソップの手助けをしたと思われる。そして間違いなく、この大きくて邪悪な街の中には彼女の今の居場所を知っている者がいるはずだ」

ジェスパーソンが足を床に着けると、椅子の前脚も床に戻った。「ぼくらが追っているフランス人の男も自分の意思で姿を消したように見える」彼は得た情報を話してくれた。

ムッシュー・リボーはアルベマール・ホテルに滞在していた。十月五日の夕方になったばかりのころ、彼はホテルから歩いて出ていき、それ以来姿を目撃されていない。客室係のメイドは翌朝、ムッシュー・リボーの部屋に入ったとき、ベッドに誰も寝た形跡がなかったと断言した。荷物も服もすべて置いてあった。着ていた服と、ポケットに入っていたと思われる物を除いては。

六日のディナーパーティにムッシュー・リボーが現れなかったので、友人たちは心配し始め、七日には警察に通報した。けれども、犯罪が絡んでいる証拠はなかったから、ホテルの勘定を払わずに消えたからといって、警察はいい大人のフランス人を探す努力をしようとはしなかった。ムッシュー・リボーが荷物を持たずに出ていき、「大儲け確実」と表現された興行を捨てた事実があっても、警察には効果がなかった。もしかしたら舞台恐怖症に駆られたか、常識を取り戻したのかもしれない。そして詐欺師という正体を暴かれる前に大急ぎで逃げたのだろう。

「警察はみんな物質主義者だからな」ジェスパーソンはぎこちない笑みを浮かべて言った。「誰に聞いても、リボーがロンドンの完全制覇を狙っていたという。ベニントン卿への紹介状を携えていたんだ。ベニントン卿はベルグレイヴ・スクエアでのささやかな夜会に彼を招待した。十月一日、そこでリボーはド・ボーヴォワール姉妹やロンドンの降霊術の世界での多くの有名人に紹介された――彼が披露した霊的な才能に誰もが驚嘆したそうだよ」

「十月一日？」わたしは彼が言った日に反応した。十月の始めの社交的な集まりについてガブリエルが何か言っていたことを思い出しながら。「それはリボーと若い姉妹たちがたった一度、会ったときじゃないかと思うのだけど。もし、彼が五日に姿を消したなら……」

ジェスパーソンはにおいを嗅ぎつけた犬のように、たちまちいっそう注意深い顔つきになった。「ミス・フォックスに尋ねなければいけない」

「彼女は知らないわよ」わたしはきつい口調で言った。「ミス・フォックスは細かいことに正確だったためしがないの――『十月の始め』と彼女は言っているのよ。それから『一週間ほど』あとに姉妹が失踪したって。それが彼女の弱点ね。彼女は名前も忘れたり混同したりするのよ」わたしはつけ加えた。一家の女主人として、ミス・フォックスが使用人の名前をどれほど間違えたかを思い出しながら。

ジェスパーソンはいたずらっぽい顔つきでわたしを見た。「だが、彼女はきみの名前を忘れてはいなかっただろう、ミス・レーン？　きみたちはとても親しかったに違いない。きみの洗礼名という心の奥深くに秘めた秘密を彼女と分かち合ったくらいだからな。もっとも、ダイという呼び方を洗礼名と呼ぶのは正しくないかもしれないな？　異教の名ではないが、古典的だ。きみがなぜ、名前を誇りに思わないのかわからない。たとえ昔からの友人でも、たった一音節の退屈な呼び方に縮めるのを許していいものかな。きみは聞きたくないのかい？　名前を完全な形で――」

「いいえ」ジェスパーソンのからかいを軽く聞き流せたらと思った。でも、これがわたしの弱みなのだ。古典学者だった父親が選んだ名前は今もなおわたしの弱点だった。

「『泡から生まれた』女神か。きれいな名前じゃないか」

「でも、ひどく不適切よ」

「そうは思わないな。もっとも、アテネの名のほうが良さそうだが」

「アテネはわたしの姉の名よ。灰色の目をしていないし、賢くもないけれど」わたしはノートに目を落とした。「仕事の話に戻らない？　ミス・フォックスは二人の若い娘が失踪したことについて正確で詳しい話がまったくできないのだから、わたしたちは姉妹の家族に連絡を取らなくては。その人たちがわたしたちの助けをどう思うにせよ、必要には違いないでしょう」

それから姉妹の家族をどうやって納得させるのが一番いいかについて、しばらく話し合った。警察に娘たちの失踪を知らせたがらないなら、わたしたちに話すだろうか？　嘘をつけば、面倒なことになるだろう。でも、何が真実だと言えるのか？

「そういうことは捜査を進めながら考えよう」ジェスパーソンが言った。彼は椅子からすばやく立ち上がってつけ加えた。「ぼくは歩いているときのほうがよく考えられる。そうじゃないかい？　さあ、コートを着たまえ。もう少し捜査ができるはずだ。夢遊しない夢遊病者を守るという義務を、ぼくがふたたび果たしに出かける前に」

ド・ボーヴォワール一家はセント・ジョンズ・ウッドにある瀟洒なイタリア風の屋敷に暮らしてい

た。戸口に現れたメイドはあからさまな好奇心を浮かべた目でこちらをまじまじと見てから告げた。

「奥様はいらっしゃいません」

「だったらご主人に――」

メイドはジェスパーソンの名刺を受取ろうともせずに両手を後ろに回し、首を横に振った。「もし、旦那様にお会いになりたいなら、クラブにいらっしゃいます」

「それはどこの――?」

けれども、そんな質問をしなければならない人間が信用されるはずはなかった。メイドはそれ以上一言も発さずに一歩あとずさると、わたしたちの鼻先で扉を閉めた。

ジェスパーソンとわたしは顔を見合わせた。彼は輝いている真鍮のノッカーをつかんで何度か強く打ちつけた。

さっきと同じ若いメイドが顔をしかめながら扉を開けた。「帰ってください、さもないと――」

「いいかい、ぼくたちがベニントン卿の友人だということを家の誰かに急いで話してきたほうがいい。それに、知らせを持ってきたんだ」

メイドはまだしかめ面だったが、ベニントン卿の名前に気を引かれたらしかった。「何についてですか?　お嬢さまたちの?」

「そうだ」

「ここでお待ちください」

わたしたちは薄ら寒い戸外にたっぷり五分間は立っていた――少なくとも街の混み合った通りよりも、郊外のここの通りのほうが空気は澄んで感じられたが――するとふたたび扉が開き、十九歳か二十歳くらいのかなり傲慢そうな顔の男性が現れた。

「誰ですか？　なぜ、母を悩ませに来るんですか？　これはどういうことなんだ？」

「ミスター・ド・ボーヴォワールでしょうか？　自己紹介させてください。ぼくはジャスパー・ジェスパーソンで、こちらは仕事を一緒にやっているミス・レーン。ぼくたちは私立探偵です」

彼の顔に警戒の色がよぎった。「何だって！　誰があなたたちを雇ったんだ？」

「もし、説明させていただけるなら……中に入ってもかまいませんか？」

「うちを〝捜索する〟つもりか？　とんでもない！」

「ぼくたちはムッシュー・リボーの友人に雇われています。ムッシュー・リボーが十月五日にピカデリーにあるホテルを出てから、誰も彼を見ていません」

「そんな名前の者に会ったことはない。確かだ」ムッシュー・リボーという名を聞いたことがないとは言わないように気をつけているのだろう、とわたしは思った。

ジェスパーソンは軽く頭を下げた。「あなたの妹さんたちがベニントン卿の家でのある集まりに出席したことはわかっています。そこで――」

若者は鼻腔を膨らませて怒りを爆発させた。「どういう意味ですか？　娘たちがパーティへ行ってはいけないとでも？　あれは非常に上品なパーティだった。あなたは何をほのめかそうとしているんだ?」

「そのパーティから四日後、リボーは失踪しました。友人たちは彼が誘拐されたのではないかと思っています。それからほどなくして、あなたの妹さんたちも失踪しましたね」

若いミスター・ド・ボーヴォワールは頭をのけぞらせてこちらをにらみつけた。そうやっている姿は膨らんだ鼻腔と相まって、怯えた馬を思わせた。「いや！　そんなことは真っ赤な嘘だ！　帰ってもらおうか、この卑劣な――」

「ド・ボーヴォワール姉妹が失踪していないと言うつもりですか?」

「妹たちがあんなちっぽけな蛙野郎と逃げたはずはない！」

「そうしたとは言っていませんが。だが、ムッシュー・リボーの友人たちは彼が行方不明だということを案じています。同じ集まりに出ていた別の二人も失踪したと聞いたものですから――」

「とにかく、そんなことはない」相変わらずにらみを利かせていたが、ミスター・ド・ボーヴォワールは不機嫌な怒りをくすぶらせながらもさっきより落ち着いた。

「ぼくたちは間違った話を聞いたんですかな?」

「そうでしょう」

「それを聞いてうれしいです。これでぼくたちの仕事も楽になるでしょう」ジェスパーソンは微笑した。「もしかしたら、妹さんたちは目撃者として、いくつかの出来事に解決への光を投じてくれるかもしれませんね。パーティで何かに気づいたかもしれません。今、妹さんのどちらか、または両方とお話ししてもかまわなければ……？」

「妹たちはここにいない」

「しかし……」

「彼女たちはサマセットにいる。年老いた伯母を訪問しに行ったんです。看病のためだ。かわいそうに。病気なのは伯母で、もちろん妹たちではない。クリスマスまで戻らないでしょう。あるいは新年まで。悪いが、お役には立てません」メイドほどは慣れた様子でないものの、はるかに有無を言わさぬ態度で若い男性は家の中に戻り、わたしたちの当惑した顔の前で扉が閉まった。


もう一度ノックしても無駄なのははっきりしていた。この一家は醜聞を恐れるあまり、姉妹が危険にさらされているかもしれないことを認められないのだ。

「ここまで来ても無駄だったわね」向きを変えて、来た道を歩き出したとき、わたしは不平を言った。

「姉妹がいつ失踪したか、まだわからないし、彼女たちの名前さえもわかっていないのよ」

「ちょっと待て」ジェスパーソンは帽子を脱いでわたしに渡すと、外套のポケットに手を突っ込み、古ぼけたぼろきれのように見えるものを引っ張り出した。それを振ったり伸ばしたりして頭に載せると、ぼろぼろの平らな帽子だとわかった。「ぼくの外套の面倒を見ていてくれよ――こいつは肉屋の息子には上等すぎるからな」

「いったい何をしているの？」

「料理人をおだてに行くんだ。彼女が噂好きならいいが。きみは街角で突っ立ったまま凍えるわけにはいくまい。だが、駅のそばにティールームがあるのを見つけておいた……さあ、これを」ジェスパーソンは硬貨を一枚くれた。「帰りの切符なら持っているだろう。ぼくが遅くなったら、待たずに帰ってくれ」

「でも、外套はどうするの！」

「ああ、心配いらない。ぼくには内燃機関があるから、何かのにおいを嗅ぎつけたときは温かいままでいられるんだ。それにきみが思っているよりも早く戻れるかもしれない。さあ、悪口でも言ってぼくを追い払ってくれ」ジェスパーソンはにやりと笑った。失敗するかもしれないとは少しも思っていないことがうかがえた。

　ジェスパーソンのような自信がうらやましかった。とぼとぼと歩きながら考えた。見ず知らずの人を魅了できるという自分の能力にあれほどの自信を持ち、他人から好かれることを当然と思えたら、どんな感じだろう。自分には良いことが起こるのがふさわしいと信じられたら、どんな気がするだろうか。

　とはいえ、わたしもかつては愛されたことがあった。はるか昔の子どものころ、ミス・レーンとなる前に。父が姉とわたしをアテネとアフロディーテと名づけたのは、壮大な期待の現れではなく、愛情からだった。姉はいつもアテネと呼ばれたが――子どものわたしにとっては『ティーニー』だったが――わたしをアフロディーテとか、そういった名で呼ぶ人はいなかった――機嫌が悪いときの母がときどき呼んだ以外は。わたしが赤ん坊のころ、姉は子羊《ラム》ちゃんとか、かわい子ちゃん《ラミィ》と呼んでくれた。それから、わたしはラム・パイになり、間もなく、もっと短くパイと呼ばれるようになった――十一歳になろうとするころまで、わたしはみんなにパイとして知られていた。父が亡くなるまでは。父の死とともに何もかもが変わった。

その後、姉だけがわたしをパイと呼んだ。わたしはアフロディーテになった――悪い冗談みたいな名前だった。嘲られたり、せせら笑われたり、発音を間違われたりした。自分が単純に「ミス・レーン」でいられるようになったときはありがたかった。

わたしをダイと呼ぶのはガブリエルの気まぐれな思いつきだった。ダイはパイとよく似ているから、気に入った。また自分が理解されたように感じたのだ。

ジェスパーソンが見つけたというティールームはチェーン店のＡＢＣカフェの支店だった。だから清潔で居心地よかったし、女性の店員たちはわたしが一杯のお茶だけで何時間も粘っても文句を言わないだろう。焼き立てのパンの香りにとてもそそられ、わたしはロールパンを注文するのをなんとか我慢した。節約しようと決心していたのだ。自分を甘やかしたら、空腹よりもひどい罪悪感による胸の痛みを覚えただろう。

人々が出たり入ったりした。わたしのテーブルの近くにいた老婦人はハムエッグを頼んでいた。その香りと、食べている彼女の見るからにうれしそうな顔のせいで、わたしの苦悩はさらに増した。

店に駆け込んできた男性がいた。幅広の黒い毛皮の襟がついた、目が覚めるような青いコートを着ていたが、しょぼくれた灰色の帽子――戸外で絵を描くときに日差しを遮るため、画家がかぶりそうなもの――をかぶっていたので顔が見えなかった。動き方からすると、年寄りというよりは若者に思われた。彼はテーブルにつかず、ウエイトレスの注意を引こうともせずに、部屋の隅にあるガラス張りの木製の小部屋へ急いで向かい、中に入って電話をかけた。

それはだてに「無音の小部屋」と呼ばれているわけではなかった――ただの一言も聞こえてこなかったのだ。彼はこちらに背を向けていたから、唇の動きを読むこと（これもまたジェスパーソンがわたしに熱心に教えてくれる技術だった）もできなかった。とにかく、わたしはなおも小部屋をじっと見つめながら残りの紅茶をカップの中でぐるぐる回し、考えようとしていた。大家とアーサー・クリーヴィー以外に、自分が電話をかけられる相手はいるだろうかと。電話していた男性が出てきた（髭を生やしてハンサムだが、かなり自堕落で相当日焼けしている顔がよく見える状態で）ころになっても――二分ほど経ってからだった――わたしは電話をかける相手の短いリストにほかの名前をつけ足せずにいた。電話をかけるのは緊急時だとしか想像できなかった――一番近いＡＢＣカフェに駆け込まなければと、とっさに判断するような緊急事態は思いつかない。

それにもかかわらず、わたしはあの小部屋に入っていって電話をかけるふりをしようかと考え始めていた――そうすれば、ガウアー街に一人で戻るのをあと五分は先延ばしにできるかもしれない――そのとき、とうとう相棒の長身でひょろっとした姿が目に入った。濃さを増していく夕闇の中で、街灯の下を通る彼の赤味がかった金髪が炎のように輝いている。わたしは急いでお茶の代金を払い、入り口でジェスパーソンと会った。

　またもや外套を着て、帽子の縁で巻き毛を抑えたジェスパーソンはホームで電車を待ちながら、手に入れた情報を話してくれた。

「若い姉妹の名はアメリアとベデリアだ。ベデリアは大胆なほうらしい。アメリアは妹の命令に従う。彼女たちは十月十三日の金曜日にはまだ家族の愛情に包まれて夕食をとっていた」ジェスパーソンは劇的なうつろな口調で伝えた。「使用人は迷信深い者ばかりなので、その日付に間違いはない。十三日の金曜の夜か、十四日の土曜の朝、姉妹は誰にも気づかれずに家を出た。土曜の朝食に二人は現れなかったが、誰もなんとも思わなかった。その日の正午を過ぎてから、姉妹の寝室に鍵が掛かっていてメイドが入れないということで、みんなが心配したんだ」

「また鍵の掛かった扉なのね。鍵は見つからなかったの？」

「鍵は鍵穴に刺さっていた――部屋の内側から。彼女たちの寝室は家の裏手、庭を見晴らせるところにある。バルコニーに通じる両開きの扉が開くから、普通の体力がある人間なら誰でも簡単に上ったり下りたりできるだろう。おそらくシェイクスピアの劇に出てくる悲運な恋人たちのバルコニーの場面を思い浮かべて、駆け落ちなんていう考えにつながったのだろうな。だが、姉妹のどちらにも恋人として知られた男はいなかった。つい最近まで彼女たちはごく過保護に育てられていたから、恋人候補を想像するのも難しかった。だが、姉妹はムッシュー・リボーと出会った……そして彼はもういないから、自分の潔白を訴えることもできない」

けたたましい騒音をたて、埃っぽい煙を巻き上げながら、わたしたちが乗る汽車が駅に入ってきた。汽車が到着したとき、わたしの頭の片隅にずっと引っかかっていた考えがつながった。

「日にちよ」わたしは息せき切って言った。「十三日とヒルダ・ジェソップが失踪した二十九日のこと」

ジェスパーソンもすでに結論に達していた。「アーサー・クリーヴィーが眠ったまま歩き回っていた夜だ」

でも、道中ずっと話し合ったのに、それ以上のことは辻褄が合わなかった。こういった一連の出来事は関係があるのか？　あるとすれば、どうして、四日のうち二日だけなのだろう？　十月三日と二十五日にも失踪した霊能者がいるのだろうか？　ミスター・クリーヴィーが眠っているうちに歩いた、もう二晩に？　それとも、何もかも無意味な偶然なのだろうか？

第九章　〈メソジスト・ホール〉での魅了される公演

〈メソジスト・ミッション・ホール〉は降霊術や霊能力の公演にはふさわしくない会場のように思われるかもしれないが、メソジスト主義は最初、霊と強い親和性があった――創始者のジョン・ウェズリー自身の家族は幽霊屋敷に住んでいたのだ。

というか、自分もメソジスト派の一員であるミス・フォックスがわたしにそう話してくれた。信徒の中には、自分たちのホールが救済よりは娯楽に関係のある公演に使われることに反対する者もいるかもしれない。けれども、割引料金があるか無料で公演できるとしたら、危険を冒すだけの価値はあるとガブリエルなら思っただろう。ジャスパー・ジェスパーソンと同じように、わたしの元友人は厄介事に巻き込まれないようにと自分に言い聞かせる能力も、個性の強い力によって支持者を得る自身の能力も大いに信じていた。

その晩はぶらぶら歩くのに向かない天候だったので、ジェスパーソンとわたしはほとんどの道中を乗合馬車に乗った。一日じゅう立ちこめていた油っぽくて息が詰まりそうな茶色の霧が、今はあちこちの街角で渦を巻き、小道に忍び込んで不用心な歩行者の目をつかの間くらませている。歩く人の目をちくちくと刺し、喉を詰まらせ、まごつかせて方向感覚を失わせる。霧は悪臭を放つ邪悪な亡霊のように人々を追いかけ、まとわりついていた。

わたしはガブリエルが入場券のほとんどを前売りでさばいていたらいいと願った。街灯柱から力なく垂れ下がった手書きのポスターに魅せられて外に出てきたがる人はそんなにいると思えなかったからだ。暖炉のそばで心地よく過ごしている男でも女でも、霧で覆われた通りを一目見るなり、家にいようと決心するだろう。シニョーラ・フィオレルラ・ギャロが約束している〝魅了される〟才能がどれほど興味深いものでも。

わたしたちはほどほどの時間に到着し、戸口を守っているドラゴンのような女性に入場券を見せた。色の褪せた黒い服を着て古風なボンネットをかぶった年配の女性だった。わたしは彼女が誰だかわかった――というか、少なくともボンネットに見覚えがあった――前にも同じような状況があったからだ。でも、こんばんはと言おうとした矢先、彼女は明らかにわざとわたしから視線を外した。彼女が若かったころは「知らぬふりをする」と呼ばれていただろう行為だったけれども、思いもよらぬことで、心が痛んだ。彼女はわたしについて何を聞いたのだろう。SPRと最後に正式な関わりを持って以来、どんな噂が広まったのだろうかと思った。かつては友人や仲間だった人たちがわたしに関する嘘の元凶かもしれないと思うと、いっそうつらかった。

そんなことをまだ考えていたとき、ガブリエルが姿を現した。これまで見たことがないドレスに身を包んでいる。光沢のある深緑色の絹地で、ゆったりしたスカート部分をふわりとなびかせていた。眼帯はドレスに合わせた色で、豊かな黒髪はリボンを編み込んで上げてある。髪にちりばめられた小さなスパンコールが光を反射してウインクするようにきらめいていた。

「まあ、あなたたち！」ガブリエルはこの前会ってから何カ月も経っているかのような感情のこもった声をあげた。「いらしてくださってとてもうれしいわ！　お話をしたいところなのですけれど――」

「ほかにやることがたくさんあるのね」わたしは言った。ジェスパーソンは「当然でしょう」と小声で言った。

「お好きなところに座ってくださいな。あまり快適じゃなくて申し訳ないわね。雰囲気もそんなに優雅じゃないけれど……仕方ないのよ」ガブリエルは広くてむき出しでかなり寒いホールの突き当たりの一段高くなった舞台と、それと向かい合った何列もの堅い木の椅子や長椅子のほうを顎で指した。「できるだけ早くフィオレルラを紹介することが大事だと思ったの。彼女にどんなことができるかをみんなが目にしたら、名声がたちまち広がるわ。ウエストエンドで最高の劇場でも満員にできるでしょう」彼女はわたしの手をつかんだ。「ちょっとお願いがあるのだけれど？」

見ていると、ガブリエルはドレスについた高い襟から小さなブローチを外した。金の台に取りつけられたエジプトの甲虫、黒いスカラベのブローチだった。魅力的な装身具だとは思わなかったが、神秘的な力があり、ガブリエルがもっとも大切にしている品の一つだとは知っていた。だから、それを身に着けてくれと頼まれたときは予想外だった。

ガブリエルから聞いた話の記憶を探ると、思い出したことがあった。「わたしに精神感応《テレパシー》能力を高めてもらいたいとでも思っているの？」

「そういうことではないのよ。でも、わたしはあなたを知っているわ、ダイ。きっとフィオレルラが詐欺師で、その手口を見抜いてやると考えているんでしょう。だけど、彼女は本物の霊能者よ。ごまかしなんてないの。彼女には才能があるのよ。実を言えば、いくつもの才能がね。フィオレルラは心の力を使って、遠くから物体を引き寄せられる――瞬間移動よ。それに、物が持っている歴史も、その持ち主の経歴も読み取れるの」

「あなたのスカラベを身に着ければ、そういったすべてを納得するだろうというの？」

「そうさせてもらえるかしら？」

わたしはコートの襟を軽く叩いた。「コートは脱がないわよ」

「だったら、その下にブローチを留めさせて」

ガブリエルの決意が固いことを見て取り、わたしはオーバーコートのボタンを外し、ぴったりした毛織の上着の左襟にスカラベを留めさせた。

ジェスパーソンが身を乗り出した。「ぼくは何もしなくていいのかい？」

ガブリエルはからかうような微笑を向けた。「焼きもちかしら？」

「好奇心だ」

うちに」

ガブリエルはてきぱきと両手で指し示した。「さあ、お好きな席へどうぞ。いい席がなくならない
ガブリエルは前列の席のほうへ顎をしゃくったが、わたしはもっと目立たない席に座るほうがよかった。見回していると、ミセス・トレイルと目が合った。自分の右側の空席のほうをさかんに身振りで示している。舞台から三列目のところだった。

「ミセス・トレイル、またお会いできてうれしいです」

「ヴァイオラと呼んでちょうだい。この前に会ってから数カ月経ったくらいで、見ず知らずの人同士になったんじゃないわよね。まだあなたをダイと呼んでもよろしくて？」

「もちろんです」わたしはぎこちなく言った。「同僚のミスター・ジェスパーソンを紹介させてください」危うく見落とすところだったが、彼女の小柄で内気な夫にどうにか気づいた。灰色のスーツ姿の彼は、灰色の服に包まれた夫人のもっとがっしりした体の隣でほとんど目立たなかったのだ。これがはじめてではなかったが、お母さん象と赤ちゃん象がいる光景が心に浮かんだ。「ミスター・ジェスパーソン、わたしの友人のバジル・トレイルご夫妻です」

「お会いできてとてもうれしいわ」ミセス・トレイルはさえずるような声で言い、手袋をはめた手を差し出した。「たしか、探偵さんなのよね？　ミス・レーンがあなたがたの興味深い協力関係について手紙で教えてくださったわ。でも、今夜ここにいらしたのは探偵さんのお仕事のせいじゃなければいいのですけれど？」

ジェスパーソンはほほ笑みながら首を横に振った。「ぼくは心霊現象にも関心があるのです。ミス・フォックスがご親切にも招待してくださったので……」

それから数分間は取るに足りないおしゃべりが続き、その間にもさらに多くの人々が入ってきて席についていた。けれども外扉が閉められ、ガブリエル・フォックスが前に立って観客の注意を引いたとき、ホールはまだ半分くらいしか埋まっていなかった。ひどく寒くてじめじめした霧の夜の、無名人物の公演としては悪くない状況だが、ガブリエルが立って話す前に顎をつんと上げた仕草からわたしにはわかった。かつての友は失望を隠すために勇敢な表情をしているのだと。

「みなさま、ようこそお越しくださいました」ガブリエルは一段高くなった舞台に立った。クッションを置いた肘掛け椅子が二脚、細長い脚の小テーブルが一台あり、テーブルの上には水差しが一つとグラスが二個置いてあった。

「今夜、驚異的で前代未聞の力を持つ人物をみなさまにご紹介できることは、わたくしの大きな名誉とするところです。ここにお集まりのみなさまの多くはわたくしをご存知で、わたくしが真の霊能者だと認める人がめったにいないことを理解してくださるでしょう。わたくしはこれまで何度となく、理性を超える能力を期待しては失望する憂き目に遭ってきました。みなさまに信じていただきたいとはお願いしません――ただ観察していただきたいのです。もし、何らかのトリックをお疑いになるとか、シニョーラ・ギャロが成し遂げることを純粋に物質主義的な言葉で説明できるという方がいらっしゃれば、実演後、お知らせください。

「わたくしは一カ月ほど前、グラスゴーのある通りではじめて会って以来、シニョーラ・ギャロを非常に近くで観察してまいりました。そして彼女がトリックやごまかしに頼っているのではないことを納得したのです。彼女の能力についてはここで詳しく述べるよりも、みなさま自身の目で見ていただきたいと思います。

「紳士淑女のみなさま、シニョーラ・フィオレルラ・ギャロです」

ホールの左手にある扉が開き、赤いドレスの小柄な女性がせかせかと入ってきた。

褐色の顔には陽気でおどけた表情が浮かんでいる。彼女はわたしが会ったことがある大勢の重々しい顔つきの霊能者と違っていた。笑うときは大きな口が開き、輝く白い歯がよく見えた。横にいるジェスパーソンがわたしのほうを向いた。目が合って、二人とも楽しい期待を抱いたことがわかった。

「シニョーラ・ギャロの英語は不馴れで長くお話できないので、わたくしが隣で通訳します」ガブリエルが言った。彼女はその晩の花形が腰を下ろすのを待っていた――背が低いため、シニョーラ・ギャロは腰かけた勢いで後ろにぴょんと弾んだ――それからガブリエルはもう一つの椅子に座った。寛いで姿勢よく腰を下ろしたガブリエルの姿と穏やかな表情は、静かに注意して見るようにと聴衆に伝えていた。

ガブリエルがイタリア語を流暢に話すところを聞いたことはなかったが、わたしは驚いていなかった。つき合っていた間ずっと、彼女は思いもかけない才能を数多く発揮し、難解な知識を披露したからだった。ほかのことはともかく、この点で彼女はわたしの横に座っている男性と似ていた。シニョーラ・ギャロは目を閉じた。彼女の沈黙はガブリエルのものと完全に違う、活動的な性質をはらんでいた。体はぴくりとも動いていなかったが、シニョーラ・ギャロは休息しているわけではなかった。目を閉じることは彼女にとって何らかのスイッチを入れるようなものなのだろう。今やある種の目に見えない霊的な電気が流れているのだ。

ほどなくしてシニョーラ・ギャロはぱっと目を開け、握り拳を差し上げた。ゆっくりと指を開いていくと、ガス灯の中で何か光るものが現れてきた。二本の指の間から黄金が流れ落ちる。すると、シニョーラ・ギャロが持ち上げたそれは、金の鎖に付いた楕円形のロケットだと判明した。

わたしたちの何列か後ろから女性のものらしい小さな悲鳴があがった。「まあ！　あれはわたくしのものだわ！　あれは――」

シニョーラ・ギャロは顔をしかめ、非難するようにもう一方の手の人差し指を振って見せた。

「ノー！　言っちゃ、だめ！　わたし、言う、誰のものか！

「中に写真ある。きれいな女の子。あの婦人は女の子のお母さん。彼女は悲しい。彼女の……」シニョーラ・ギャロの話は次第に途切れがちになり、いらだちながら必死に英語で話そうとしたあげく、母国語に切り替えてしまった。

最初に間が空いたとき、ガブリエルが通訳した。「そのロケットには小さな女の子の写真が入っています。五歳くらいの子です。彼女の名前は花の名です。この子は去年、クリスマスの直前に亡くなりました。ロケットを身に着けている人は彼女の母親です――おそらくみなさまは、この話を確認したいのではありませんか?」ガブリエルは探るようにホールを見回した。

女性が立ち上がり、熱を込めた声で叫んだ。「そうです! それはわたくしたちのデイジーです――わたくしたちはあの子をいつもそう呼んでいます。正式な名はイーディスですが――あの子に話してくれませんか? わたくしたちがあの子をどんなに愛していて、どんなに恋しがっているかをおっしゃってくれませんか? わたくしたちは……あの子と話せますか?」

わたしは両手を握りながら息をひそめて膝を見ていた。後ろで話している声はミセス・ローズ・クレザロールのものだった。彼女は末っ子が亡くなってから交霊術に頼るようになったのだ。ミセス・クレザロールが出席していた交霊会に少なくとも二度、わたしは同席したことがあった。彼女はいつも同じことを尋ねたが、要求がかなえられても、そう長くは満足できなかった――漠然とした言葉や約束を聞かされたところで、愛する娘を永久に失った想いを埋め合わせることなどできるだろうか? 自分を通して子どもの霊と交信できると主張する霊能者が本物だろうと偽物だろうと、違いはなかった。重要なのは家族を亡くした人が持つ信念だった。耳にする言葉に慰めを見いだせるかどうかが大事で、そういう言葉はいつも同じだった。〝愛しているわ。わたしは幸せよ。わたしはもっとすばらしいところへ行ったのだから、悲しまないで〟

わたしの心の中には痛いほど怒りが湧き上がっていた。どうしてガブリエルなんか信用してしまったの? これにはなんら目新しいことなどない。シニョーラ・ギャロはほかの霊能者と少しも変わらなかった。希望を持たない人に希望を与え、生者と死者を隔てているヴェールの向こうから、気持ちをやわらげるような言葉を伝えるのだ。

思ったとおり、たちまち小柄なイタリア人の霊能者は目をきつく閉じ、肩を落とすと、入神状態《トランス》で体を一方の側に傾けた。

「そこにいるのは誰ですか？」ガブリエルが尋ねた。「わたくしの声が聞こえますか？　話せますか？　小さなデイジーのお母さんは失ったお子さんからの言葉を待ちわびています」

待ちわびる気持ちは間もなく満たされた。柔らかくて高い、舌足らずの声がフィオレルラ・ギャロの唇から出てきたのだ――外国語の訛りの痕跡さえない、完璧な英語で。その声はデイジーの母親に告げた。彼女が今、霊的な次元にあり、愛と光に包まれていて心配も苦痛もないのだと。誰も彼女のために泣かなくていい。彼女は幸せだし、やがてはみんな死後の世界で一緒になれるのだからと。

降霊術師の集まりに出たことがある人なら、いや、そういう話を読んだことがある誰にとってもそのメッセージの内容や調子、意味するところはお馴染みだっただろう。不可能と言われることを数多く見てきて、しっかりと肉を備えた体に縛りつけられていない何かが人間に存在すると思っているわたしが、この「霊と意思疎通する」行為を不快なたわごとだと見なすのは奇妙だろうか？　霊界と直接やり取りできて、死者を悼む生者に亡くなった人が直接語りかけることを可能にする、人間型の電話機のような機能を備えているという人々を、わたしが信じられないのはなぜなのか？

こういう事柄には、事実に基づいた証拠などない。都合のいい考え、理性に勝った希望にすぎないのだ。降霊術師は〝信念〟の重要性を強調する――それは真実だろう。皆無ではないとしても、疑り深い人が、あり得ないものを事実として受け入れることはめったにない。けれども、何かを信じたからといって、それが本当になるだろうか？　いわゆる〝信念〟を持った人が天候だの重力だの、動物や植物の存在だの、とにかく物質的な世界について知られているどんなものにも影響を与えるなんてことがあるだろうか？　霊と交信する能力や死者に語らせる力が〝信念〟に左右されるなら、それは自然の力ではない。

拙い英語から恍惚とした流暢な英語になったフィオレルラが、言い古されたお決まりの慰めの言葉を話すのを聞くうちにわたしの怒りの発作は落ち着き、失望へと変わっていった。冷たくてわびしい、あまりにもお馴染みの感情に。

ホールにいたほかのみんなと同じように（そうだと思うけれど）、わたしは肉体が死を迎えたあとも人間の霊魂が生きているという証拠を期待したが、これはそうではなかった。ガブリエルはこの小柄で抜け目ないイタリア人に望みをかけすぎていた。

トランス状態から覚めると、霊能者は空中から別の宝石を取り出し、持ち主を突き止めた。この宝石が持ち主の婦人の手に渡ることになった、感傷的だがどうということはない話をシニョーラ・ギャロが語っていたとき、わたしはふいに疑念を覚え、コートのボタンを外して上着の襟を確かめた。でも、スカラベのブローチは相変わらずしっかりと留まっていた。それに触れ、親指の先より少し大きいくらいの甲虫を撫でた。ガブリエルが自分の特別なブローチをわたしの襟に留めるふりをしただけという、手先の早業を使ったのではないとわかってほっとした。

シニョーラ・ギャロの手に輝く平らな銀製のものが現れた。わたしは彼女の手にじっと目を据えていたのに、またしてもそれがどこから出てきたのか見抜けなかった。何もないところから物が出てきたように見せるトリックをどんなふうにやったのかわからない。

今度もまた、霊能者は目を閉じて集中した。けれども今回、シニョーラ・ギャロはトランス状態を示さず、息をのんで目をぱっと開けた。

「シニョール！　ミースター・ボール――ボールド――ボールド・ウィン？」

「はい」返事をしたのは、二列目にいた長身で体格のいい男性だった。彼は微笑して寛いだ様子で胸ポケットを軽く叩いた。ゆったりとしたおもしろがるような口調で言う。「おやおや、それはわたしの煙草入れだと思いますね。W・H・Bと頭文字が入っていますか？」彼女がうなずくと、男性は続けた。「亡くなった親族に関するあなたのお話とやらを聞かせてくださいよ！　わたしの親類はほぼみんな生きているし、亡くなった者はわたしのことなどこれっぽっちも気にしないでしょう。この輝く物についてですが――」

「シニョール！　あなた、ブライトンに行かなくてはなりません――今夜すぐに。遅れてはだめです」

若い男性は嘲るように声をあげて笑った。「ブライトン！　こんな時期に？」

シニョーラ・ギャロは煙草入れを手の中であちこち動かした。明かりを受けて煙草入れは燃えるように輝いた。「これをあなたにくれた友達、彼がそこにいます。あなたの助けを求めている。病気《マラティア》。わたしの言うこと、わかりますか?」

愉快そうな表情が完全に消え、紳士の顔は怒りでしかめられていた。「いや、わかりません」

「ホテル・メトロポール。悪い男が彼のお金をみんな取った。こうして」彼女は銀製の煙草入れを握り拳で打った。「彼の頭を。とてもひどく。誰も助けられない。あなたが行かなくては。すぐ、ブライトンへ行って」

彼はしかめ面でまだ納得がいかないという顔つきのまま、しぶしぶ立ち上がったが——厄介ごとに巻き込まれているかもしれない友人の知らせを聞いた誰もがそうするように——心配していた。

「この友人の名前を言えますか?」

シニョーラ・ギャロは少し目を閉じてからうなずいた。「ガイ。あなた、ガイと呼んでいます。ほかの人はエンリーと呼んでいる。ミースター・エンリー」

若い男性の顔から表情が消え、血の気が引いた。「ガイ」つぶやくように言った。「ブライトンに?」

彼は動き始めた。ミスター・ボールドウィンが通れるように、彼の通路の人々は一斉に椅子をガタガタさせたりきしませたりしながら動かした。

「待ってください。あなたの煙草入れが」ガブリエルが演壇から降りてきて煙草入れを彼に差し出した。

「行かなくては……」男性は茫然とした様子で、差し出された銀色の小さな物を手探りし、危うく落としそうになった。

「もちろんですわ」ガブリエルは言った。温かくて同情的な声だった。「汽車を捕まえられるでしょう。ご友人のご無事を願っています」

たった今起こった出来事について人々が話し合う、興奮した低いささやきがホールに広がっていた。ジェスパーソンとわたしは目を見交わしたが、何も言わなかった。あの煙草入れを調べたいとわたしは思った――もしかしたら、あれには持ち主の頭文字以上の何かが彫ってあったとか? W・H・ボールドウィンやガイ・ヘンリーの名はわたしにとって何の意味もなかったが、ガブリエルやシニョーラ・ギャロにとってもそうだとは言えないだろう。新聞の遅版に、ブライトンで強盗に襲われた男性のニュースが載っていたのかもしれない。あるいはさっきの出来事すべては、雇われた共犯者によるちょっとした芝居だったとも考えられる。ジェスパーソンもわたしも理解していた。霊能者の力についての真実を調べるときは、どんなものでもありのままに受け取るのは賢明ではない――相手が信じさせたいと思っているものに関しては特に。

ガブリエルは観客の注意をふたたび取り戻し、ひそひそ話が収まるのを待ってから公演を続けた。

「シニョーラ・ギャロ、もしも疲れすぎていないなら、どうかほかの実演を見せてくれませんか?」

小柄な霊能者は上機嫌で肩をすくめ、何かに耳を傾けるようにうなずくと、ややあって腕を上げ、閉じた拳の中にすっぽりと隠れるくらい小さな何かをつかんだように見えた。手を胸の位置まで下ろすと、彼女は指を開いてつかんだものを調べた。そのとき、驚いたことに彼女は声をあげて笑った。

低い声でくつくつ笑いながらシニョーラ・ギャロは言った。「これ、前に見たことあります。このちいちゃな虫の持ち主は知ってる。ミス・フォックス！　わたしにまた質問、あるのですか？」

わたしはぎょっとしてコートをめくった。スカラベは消えていた。

こんなことがあり得るだろうか？　ミスター・ボールドウィンが立ち去るというちょっとした騒ぎはあったけれど、彼はわたしたちと同じ列にいなかったし、わたしに触れた人がいなかったことは間違いない。コートの中の服の襟に留められたブローチを誰かが奪おうとしたら、わたしが気づかないはずはないのだ。当惑して、毛織の上着を指先でこすった――ピンを刺したためにできた小さな穴があったが、それ以外に何もなかった。糸でも取り付けられて引っ張られたらできそうに思われた、布が破れた跡などはない。

不可能なはずなのに、ガブリエルのスカラベのブローチはシニョーラ・ギャロのずんぐりした指の間にあったのだ。

ホールの向こう側ではガブリエルが勝利の表情をこちらに向けていた。「そうですね、わたくしのブローチです。でも、今夜早くにそれを友人の胸に留めておいたのです。あなたの力は彼女が抱く疑念すらも上回ることを示す方法として。でも、わたくしの持ち物である装飾品を読み取ることによって、友人について何かを話してほしいとお願いするのはよくないですね――もっとも、わたくしの小さな宝石から、わたくしの友情の深さと誠実さをあなたが読み取るはずなのは確かですが――」

わたしは立ち上がった。「シニョーラ、差し支えなければ、読み取ってほしいものをほかに提供しましょう。あなたがそうしてくだされば、非常に喜ばしいです」

シニョーラ・ギャロは用心深く座り直した。黒い目が好奇心を浮かべて輝く。「何かあなたのもの」彼女は言った。「はい！　そっちがいいです。これは」シニョーラ・ギャロはガブリエルの貴重なエジプトの聖遺物を振って見せた。「これは、よくないです。あなたについて話してくれるのにはよくない。持ち主のことしか話さないです。ガブリエルについての話、これを彼女への贈り物としたお医者さんについての話、それから――」

「ええ、わかったわよ、理解できるわ」ガブリエルは言い、ひったくらんばかりにしてシニョーラ・ギャロからスカラベを取り返した。「それは本当にいい考えですね、ミス・レーン。あなたがもっとふさわしいものを持ってきてくださって、幸運だわ……それは何なのかしら？　どうぞ、前に出てきてください」

いかにも親しげな調子だったが、ガブリエルの疑念が感じられた。わたしがどんな装飾品を持っているかを考え、身に着けそうな宝石の一つを思い出そうとしているのだろう。そうね、とわたしは思った。もしも主張しているとおりにフィオレルラ・ギャロに霊能者としての才能があるなら、どんな物の由来でも読み取れるはず。

ジェスパーソンは気づかれないほどそっとわたしの膝をつついた。そちらを見下ろし、彼が懐中時計を差し出していることに気づいた――貴重な品だし、興味深い歴史があるものだとわたしも知っていた。でも、手に取らなかった。シニョーラ・ギャロの力を試すだけでなく、利用したいとも考えていたからだ――もしもできるならば。

だからホールの前のほうへ進み、二人の前に立つと、コートのポケットの奥からある物を取り出した。

「これを持っている人物についてどんなことを伝えられるでしょうか？」霊能者の開いた手に、わたしはミス・ジェソップの部屋から持ち出した小さな住所録を押しつけた。

シニョーラ・ギャロはうなり声をあげ、価値がないことは明らかな物を持ってこられたのでがっかりしたようだった。けれども、挑戦を拒もうとはせず、目を閉じて集中した。ややあって、彼女は口を開いた。

「それはレディです。イギリス人のレディ。彼女、悲しんでいます。前はたくさんの友達いたのに、今はそんなにいないから。友達、彼女に背を向けてしまいました……彼女の言ったことのせいで。彼女は力もあります！」シニョーラ・ギャロはふいに目を開けた。目は驚きで濃さを増してきらめいた。「ヒ――ルダ？」

ガブリエルが鋭く息を吸ったのが聞こえた。

「ヒ――ルダ・ジェス……ジェ・ソップ。彼女はわたしみたいな力あるけど、同じようなものではない。彼女、持っています――ビジオネを？」

「予知というのよ」ガブリエルが言った。

「目で見るのではないです。彼女、未来をここで見ます――」シニョーラ・ギャロは空いたほうの手で頭に触れた。「彼女、千里眼です。何が起こるか見えるときあります」

「彼女に何が起こったの？　無事ですか？」わたしの口から質問が飛び出した。

霊能者は住所録を胸に抱き締め、目を閉じて顔をしかめた。「見えます……見えます……ああ、彼女が行ってしまうのが見える。男の人と。ああ！　恋人と一緒に！」シニョーラ・ギャロは夢見るように微笑し、観客の間から忍び笑いが起こった。大笑いする者も何人かいた。

あり得ない答えを聞き、わたしは声も出なかった。

「それは確かなのですか、フィオレルラ？」ガブリエルは優しく言った。「確かにヒルダはいなくなりました。でも、ヒルダは年老いた未婚婦人なのです。恋人なんていないわ」

「いーえ、すてきで大きくてハンサムな男性がいます！　彼は彼女を愛しています。彼女は彼の腕の中に。二人は一緒に去ります。このちっちゃな本《リブロ》がわたしにそう言っているのです――わたし、読み取ります！　間違いないです」

内気で無邪気な中年のミス・ジェソップが大柄な男性の腕の中にいるという考えはばかげていたが、わたしはぞっとした。尋ねなければならないことがあった。「シニョーラ――彼は悪い男の人ですか？　悪い男が彼女を連れていったのですか？」

「いいえ、いいえ、悪い男ではありません！　良い人。彼女、喜んで彼と行きます。とても幸せ！」

わたしは下宿でヒルダが使用人に打ち明けた話を思い出し、まぶたの裏が涙でちくちくと刺されるのを感じた。幸せになるのだから泣かないでくれと彼女は言ったのだ……哀れな愛しいヒルダ・ジェソップ！　彼女は自身の死の幻想を見て、予知を信じる者がそうしなければならないようにただ真実として受け入れた。恐れたり、逃れようともがいたりするのではなく、死後の世界での永遠の喜びを約束されたのだとして。もはやお金や、孤独な年寄りになることを心配しなくてもいい……彼女は自分が見た天国の幻想を信じたのだった。

「彼女は今どこにいますか？」わたしは尋ねた。

ガブリエルが駄目押しした。「ヒルダは幸せだと言っていますか？」

霊能者はわたしたちにしかめ面をして見せた。「ヒルダが何て言っているか、わたしにどうしてわかりますか？　わたし、ヒルダと話しているのではないです。彼女のちっちゃな本に訊いているのです。知っていることをわたしに話してくれます。彼女の行き先は、この本、知らないです」

「あなたを通じてヒルダに話をさせてくれないかしら？」ガブリエルは優しく尋ねた。「わたくしたちはヒルダの友達なの。彼女から話を聞ければうれしいでしょう。それにきっと彼女は幸せに違いない――」

シニョーラ・ギャロは目を見開いた。「彼女、死んでないです！」

わたしはふいに希望が湧き上がるのを感じた――ばかげていたが、希望を感じたのだ。シニョーラ・ギャロにはわかっているのだとわたしは信じた。

「ヒルダ・ジェソップが生きていると言うのね？」

「チェルト《もちろん》」

「それじゃ、彼女がどこにいるか本に尋ねてみて」

「パ！」いきなりシニョーラ・ギャロが住所録をこちらへ放り投げ、わたしはどうにかそれをつかんだ。すると、半分ほどしか通じない英語と早口の母国語が混じったわかりにくい言葉を怒濤のように話して、シニョーラ・ギャロは理由を説明した。

シニョーラ・ギャロは住所録からミス・ジェソップについての断片的なことを読み取れた。ミス・ジェソップが持ち歩いて使っていたし、手書きで書かれているため、大量生産のノートにも彼女の個性という要素が与えられたからだという。けれども宝石や金属、とりわけ黄金はほかの物質よりも頻繁に振動するので、物から何かを読み取る能力がある者にとってはいっそう長続きする印象を蓄えることができる。貴重な贈り物の場合は、贈り主の情報もいくらか同じように記憶として残る。おそらくミスター・ボールドウィンは銀製の煙草入れを使うたびにそれをくれた友人を思い出していたのだろう。だから、シニョーラ・ギャロはガイの窮地についての詳細を読み取れたのだ。ミス・ジェソップが持っていたか、しじゅう身に着けていて、それと離れたときは思い出すような、たいそう愛した宝石――結婚指輪とか家族に伝わる宝石――を手にできれば、シニョーラ・ギャロは失踪したわたしたちの友人に何が起こったかについて、もっと詳しくて正確な状況を伝えられただろうという。

ああ、もしヒルダ・ジェソップがそんな宝石を持っていたとしても、彼女とともに消えてしまったに違いない。価値がある物は何も部屋に残されていなかったのだから。どういうわけかわたしは、ヒルダが化粧台に置いてあった品物に見向きもしなかったのではないかと思った。たとえそれらが（あり得ないように思えたが）本物の銀製でも。

そのあと、シニョーラ・ギャロは今夜の公演は終わりだと宣言した。

ガブリエルは険しいまなざしを彼女に向けたが、わざとらしいあくびが返ってきただけだった。

「もう一度やってみてちょうだい。一つか――二つの――物があなたの注意を引こうと待っているに違いないわ」

「いえ、いいえ。もうない」シニョーラ・ギャロは相手の視線を避けながらつぶやいた。

「本当に間違いないのかしら？　不満の声などあがらないようにしたいのよ」

だが、シニョーラからは返事がなかった。ガブリエルは肩をすくめ、ホールの観客に呼びかけた。

「紳士淑女のみなさま、当公演へ関心を持ってくださり、おつき合いくださったことに感謝します。お帰りになる前に、貴重品をすべてお持ちかご確認ください。身に着けていらっしゃった宝石類がそのままあるかどうか、お調べください。ごく稀に――」

いきなり金切り声があがり、ガブリエルの話はさえぎられた。

「わたしの指輪！　ダイヤモンドの指輪がないわ！」

ミス・フォックスは霊能者をちらっと横目で見た。シニョーラ・ギャロは遠くを見ていた。「ありがとうございます、奥様。ご心配なく。見つけて差し上げます。これから説明しようとしていたのですが、シニョーラ・ギャロはある種の物質を磁石のように引き寄せてしまいます。それは彼女の意図とは関係なく起こるのです。金の品物や宝石がはまった物は彼女の存在に引きつけられます。彼女が疲れすぎていて気づかない場合にも。ですが、奥様の指輪は間もなく元の物質の状態に完全に戻るでしょう……シニョーラ、よろしいかしら……？」

消えたダイヤモンドの謎に虜になった観客たちが心配そうに自分の手首や手や首やポケットを調べたり、ミス・フォックスの説明に耳を傾けたりしている間、わたしは赤いドレスを着た小柄な女性にしっかりと目を向け続けていた。今度はほとんど目につかない動きをとらえることができた。シニョーラ・ギャロが袖の中から指へと何かを移動させる動きを。

「エッコ《ここよ》！」シニョーラ・ギャロは叫び、たった今、宙から取り出したかのように指輪を掲げて見せ、熱狂的な拍手を浴びた。

確かに驚嘆すべきわざだった。シニョーラ・ギャロが袖から指輪を取り出すところは見えたけれど、それがどうやってそこに入ったのかは依然として謎だったのだから。自分の身に起こったことを思い出すと――襟にスカラべがしっかり留めつけてあることを確かめたし、普通の手段で取り去るのは不可能だ――わたしは困惑した。この謎を頭の中で思い巡らしている間に、霊能者はダイヤモンドの指輪の持ち主に関するいろいろな事実を述べていた。求婚の言葉とともに恋人が彼女にどのようにこの指輪を贈ったか、彼女が感じたあふれるほどの喜び、二人が一緒になってから続いている幸せなどについて。有能で自信に満ちた詐欺師なら、誰でも似たような話を考え出せただろう。けれども、観客は満足していた。顔を真っ赤にした持ち主の手に指輪が返されたときにホールじゅうに響いた拍手は、シニョーラ・ギャロが示した霊的な才能に対するのと同じくらい、ロマンチックなヒロインを称えるためのものだっただろう。

帰る前に、わたしはどうしてもミス・フォックスと話そうと決心していた。だからジェスパーソンが人ごみの中を歩きまわり、さりげない態度で、しかし目的を持って人々とおしゃべりしている間――失踪した霊能者についてもっと情報を持っていそうな人間を見つけようとしていたのだ――わたしは辛抱強く待っていた。霊能者や彼女の保護者のまわりに群がった感嘆している人たちが減り始めると、ガブリエルと二人だけで話すことができた。またわたしたちを訪ねることを彼女に承諾させるのはわけもなかった。翌日の午後、シニョーラ・ギャロを連れてガウアー街へ行くとガブリエルは約束した。わたしはミス・ジェソップの持ち物をもう少し借りてくると言った。霊能者が読み取れそうな情報がそうした物にもっとあるかもしれないと。

「もし、ミス・ジェソップを見つけるためにシニョーラ・ギャロが手を貸してくれるなら」わたしは言った。「約束してもかまわないわ。シニョーラ・ギャロはわたしという、この上なく熱心な宣伝係を得ることになるって！」

ガブリエルは自信たっぷりの自尊心で目を輝かせながらきっぱりと言った。「ヒルダを追うなら、フィオレルラはどんな猟犬よりも有能よ！　じゃ、明日ね――二時でいかが？」

外に出ると、霧は前よりも濃さを増し、いっそう息が詰まりそうなものになっていた。ジェスパーソンとわたしは無駄話などせずにスカーフで鼻をしっかりと覆い、くぐもった音しか聞こえない通りを慎重に歩いていった。オックスフォード通りに着くと、ジェスパーソンは辻馬車を拾おうと通りに足を踏み出した。

「乗合馬車じゃだめなの?」わたしは強い口調で訊いた。

「だめではない。ただ、ぼくはケンジントンへ行かなければならないし、きみは逆方向へ行くわけだが」

「じゃ、わたしたちは別行動をとるのね」彼に止められる前に、わたしは近づいてきた二人乗りの二輪馬車に手を振って追い払った。

ジェスパーソンは犠牲者ぶったため息をついた。「ぼくはガウアー街へ行く時間がないんだ」

わたしはいらだって顔をしかめた。「一緒に来てくれと頼んでいるんじゃないのよ」

「一人で帰るのは無理だ」

「この町を一人でうろつくのは慣れているの」

「だが、夜ではないだろう。しばらくの間、乗合馬車を待って立っていることになるかもしれない――ぼくは心配だよ。きみは心配しなくてもね。ほら、また辻馬車が来た――さあ――」

「いいえ。お金の無駄よ」

「ぼくが払う」

思慮の足りない言葉を聞き、わたしは彼に食ってかかった。「あなたが？　あなたのお金というわけではないでしょう？」

「金で時間を節約できるときは、無駄ではない」

「わたしは急いでいないの」

「ぼくは急いでいる」

「だったら行けばいいじゃない」

わたしたちは黙りこくった。わたしは近づいてくる乗合馬車を目にして止めようとしたが、別の路線を走るものだと気づいた。二人の間の沈黙が高まっていった。また、ほかの乗合馬車がやってきた。

「ほら、六番よ——あなたが乗ったらいい……？」

「きみを一人で残してはいけない」ジェスパーソンはわたしの反論を聞き入れなかった。「きみに頼まれたからではなく、ぼくの義務だからだ。これは当たり前の礼儀で常識だ」

残念ながらジェスパーソンの言うとおりだった。守られる必要があるという感覚は大嫌いだったが、ロンドンは大きくて手ごわい街だ。夜の通りをうろついている男性がすべてジェスパーソンのような騎士道精神を持っているわけではない。わたしには機知以外の武器がなく、それでは危険に立ち向かうことを言い張った場合には不充分だろう。

だからそれ以上、抗議しなかった——ただ、わたしがどうしても節約精神を曲げず、辻馬車を雇うことは認めなかったので、ジェスパーソンは一緒に乗合馬車を待つことになった。そして二人でガウアー街へ戻ってから、また出発していった。長い脚で大股に歩き、急いでケンジントンへ向かったのだった。

第十章　夜の巡回

ふいに物音が聞こえ、続いて階段に軽い足音がして、わたしは夜の暗がりではっと目を覚ました。部屋の扉の外から低い声が聞こえた。「もう一度寝てくれ。まだ三時だよ」

それはわたしにではなく、彼の母親に言われたことだったのかもしれない。でも、わたしは素直に夢の国に戻り、ジェスパーソンがどうしてケンジントンに夜通しいなかったのだろうかと考えることさえなかった。

いつもの時間に起きたとき、ジェスパーソンはまだ眠っていた。時間があったので、わたしはロングリッジ通りにある家まで行き、彼が起きる前に帰ってきた。

帰宅したあと、わたしは居間にいた。ミセス・ジェスパーソンが新たに淹れた紅茶のポットを持って仲間に加わった。ジェスパーソンは皿に乗ったバターつきトーストをもぐもぐ食べながら、昨夜の冒険の話をしてくれた。

ジェスパーソンがわたしと別れたあとはかなり遅かったので、乗合馬車はあまり走っておらず、辻馬車も捕まらなかった。そこで彼は徒歩でクリーヴィー家へ行ったが、着いてみると家は真っ暗で静かだった。

家の者を起こして中に入れてもらおうか、それとも外で見張ろうかとジェスパーソンが考えていたとき、玄関の扉が開いて夢遊病者のクリーヴィーが出てきた。

「ぼくは彼のあとをつけた……どこへ行ったと思うかい？」

想像もつかなかったので、話を続けるようにとわたしは身振りで急かした。

彼は微笑した。「クリーヴィーは街灯の下に立ち、ベルグレイヴ・スクエアの北側にある家に向き合っていた」

信じられない思いでジェスパーソンをまじまじと見た。「まさか……ベニントン卿のお屋敷？」

「まさしく」

「それからどうなったの？」

「それから、不運なことに警官が現れた」

自分の受け持ち区域を巡回していたロンドンの巡査は、街灯の明かりの下に立って、広場を囲むように建つ中の広壮な屋敷を凝視している大柄な人間に気づいた。当然ながら、巡査は何をしているのかと尋ねた。大柄な男は返事をせず、警官がなおもしつこく尋ねるうち、その男、クリーヴィーは歩いていってしまった。

「巡査が彼のあとを追い、警棒に手を伸ばしかけたとき、ぼくはどうにか割って入った」

「警棒であなたが打たれなくて、運がよかったわね。または、あなたたち二人とも尋問のために連行されなくて」クリーヴィーの目的がわからなかったことに、わたしはかなり失望していた。「でも、あなたはうまく話をこしらえたんでしょう……」

「正直そうな顔で生まれて、ぼくは幸運だったよ」ジェスパーソンは目をきらめかせながら答えた。「それに想像力が豊かでよかった。しかし、本当のことを話したんだ。こちらの紳士は夢遊病の発作があり、面倒なことにならないように彼の奥さんがぼくを雇った、と。警官は夢遊病という考えに興味津々だった……」

「そういう話題が呼び物の芝居でも見たことがあったんじゃない？」

「そんなところだろう。これからはもっとしっかりクリーヴィーを抑えたほうがいいと助言して、警官は解放してくれた」

「で、どこへ行ったの？」

「クリーヴィーは自宅に帰った。ぼくはクリーヴィーがもう出てこないと納得するまで少し待ってから、家に帰ってきた。靴底が擦り切れなかったのは驚きだよ」

「クリーヴィーが眺めていたのがベニントン卿の屋敷だったことは間違いないの？」

ジェスパーソンはとがめるような視線をこちらに向けた。「ぼくは彼が行った先を見たんだ。ぼくなら〝眺めていた〟とは言わないが――眠っている人間が何を眺めるというんだ？――とにかく、まぎれもなく彼はあの屋敷と向かい合っていた。もし、警官が通りかからなかったら、どんなことが起こったかわからない」ジェスパーソンは音をたててトーストの最後の一口を噛み、バターのついたパンくずを指から舐め取った。「たぶんミセス・クリーヴィーなら、今回のことをいくらか解明できるんじゃないだろうか」

彼が立ち上がると、ミセス・ジェスパーソンが異議を唱えた。「まさか、今からケンジントンへ行くんじゃないでしょうね？」

「かまわないだろう？」

「あなたはほぼ一晩じゅう、寒さと霧の中でロンドンをぶらついていたじゃないの」

彼はにっこりして母親の心配を笑い飛ばした。「歩くとぼくがどんなに元気になるか知っているだろう、お母さん！　歩くことは力の源なんだ。体は疲れても、頭脳は刺激されている」

わたしをちらっと見て、ジェスパーソンはふいに笑い声をあげた。「そんなに不安そうな顔をしないでくれ、ミス・レーン。もちろん、地下鉄に乗るよ――または、そっちのほうがよければ乗合馬車に乗ろう」

「わたしはいつだって喜んで歩くわよ」少々いらだちながら言った――なにしろ、今朝、彼が眠っている間にわたしは通りを歩いてきたばかりじゃないの？　「足を使わないことを考えているんじゃなくて、時間を使わないことを考えているの。忘れていないわよね？　ミス・フォックスと彼女のお気に入りの霊能者が訪ねてくることを？」

「二時だろう。だったらなおさら、すぐに出かけなくては」

ミセス・クリーヴィーはこの間ほどわたしたちの訪問を歓迎した様子ではなかった。友好的な態度だったが、ジェスパーソンを見る目つきに非難がこもっているとわたしは感じた。

「ミセス・クリーヴィー、あまり長くお邪魔したくありませんが、いくつかお尋ねしたいことがあります。まず、昨日は思いがけないこと、または普段と違ったことがありましたか？」

「あなたが意外にも現れなかったことを別にしてですか？」

ジェスパーソンは微笑した。「それを別にしてです」

「そうですね、ちょっとしたことが一つだけ。電話です。二度、電話がかかってきました――ですが、電話の向こうからは何の音も聞こえませんでした」

「公衆回線ですか？」

その表現はわたしにとって何の意味もなかったが、ミセス・クリーヴィーはうなずいた。「どうやら誰かが電話の向こうにいたようですが、何も言わず、こちらの声を聞いていただけのようでした」

「奥様が電話に出たのですか？」

「主人が留守のときはいつもわたしが電話に出ます。かかってきたのは五時過ぎでした。主人が帰宅する少し前です」

「二回目の電話は？」

「そのときはアーサーが帰っていました。たぶん、最初の電話から三十分後くらいだったでしょう。主人が電話に出て名前を言いました。いつもそうするんです。それから主人は無言のままでしたが、しばらくすると受話器を置きました」

「ご主人は電話についてあなたに何とおっしゃいましたか?」

「間違い電話だと。混線していたか、番号を間違えたかでしょう。そういうことはあります」

「前にもそんなことがあったのですか?」

「ええ……先月に一度あったことを覚えています」

「奥様が電話に出たのですか?」

「いえ――わたしは不思議に思ったのです。主人は名乗ったあと、少なくとも一分間は黙って受話器を握っていましたから。電話を切ったあとで尋ねると、誰の声も聞こえなかったから、おそらく間違い電話だったのだろうと主人は言いました」ミセス・クリーヴィーは記憶をたどりながら、やや離れたところに考え深げな視線を向けていた。「わたしは妙だと思いました――どちらの場合も、主人は相手の返事を引き出すようなことを何も言わなかったのです。わたしなら、『もしもし』とか『聞こえますか』と何度も言ったでしょう。鸚鵡《おうむ》かと思われそうなほどにね!」

「たいていの人は奥様と同じことをすると思いますよ」わたしは言った。「でも、ご主人は奥様のようには感じなかったのかもしれませんね。つまり、電話の向こうに耳を澄ましている人がいるとは」

「でしたら、なぜ、主人は電話を切らなかったのでしょう?」

ジェスパーソンが言った。「最初に無言電話がかかってきた日を覚えていらっしゃいますか――それはご主人が夢中歩行に出た夜の直前でしたか？」

ミセス・クリーヴィーは目をしばたたいた。「まあ……確かに――そうだったかと。ええ、そうです。それに主人は昨夜、夢中歩行をしました」

「知っていますよ。ご主人のあとをつけました」

さまざまな感情がミセス・クリーヴィーの顔をよぎった。驚き、憤り、理解、不安。「ご存知でしたの？外で待っていらしたのね？　あなたはお思いでしたの――あなたがいらっしゃるから、主人がベッドを離れないと？　主人は〝邪魔者がいなくなる〟まで歩き回らないと思われたのですか？　でも……眠っている間、主人は自分が何をしているかわからないのだとわたしは思っていました。自分の意思ではどうにもならないのだと」

「目を覚ましているときのご主人の自己は自分が何をするか、どこへ行くか、理由は何かについてまったくわからないはずだとぼくは確信しています」ジェスパーソンは夫人に請け合った。「眠ると、彼の別の面が自己を乗っ取るのです。だが、その無意識の部分は意識的な自己の知識や記憶を呼び求められるに違いない。昨夜はぼくがここへ来るようになってから、ご主人が夜中に起き出しても奥様にしか知られないとわかって――つまり信じて――ベッドに入ったはじめての晩でした。それに奥様はご主人のあとをつけることを禁じられていた。だからご主人の行き先を知る者はいないというわけです。ことを秘密にしておきたいなら、眠っているご主人の自己は安心感を覚えていたのでしょう」

ミセス・クリーヴィーの平凡な顔は称賛で輝いた。「まあ、なんて頭がよろしいの」

わたしはジェスパーソンの足首を蹴ってやりたいという子どもじみた衝動に駆られた。もし、テーブルで隠れていたら、そうしたに違いない。彼が気取った笑みを浮かべて夫人の褒め言葉を受け入れていたから、なおさらだった。遅くなってからここに到着したのは計画外のことだったと、夫人に話すのが本当なのに――遅く着いたのはわたしのおかげなのだ。辻馬車に乗せられることをわたしが頑なに拒んだからだった。

「コーヒーはいかが？　わたしはよく今ごろ飲むのです。それに料理人がジンジャービスケットを焼いていると思いますよ――コーヒーによく合うんですの」

呼び鈴を鳴らしてメイドを呼び、指示を与えると、ミセス・クリーヴィーは尋ねた。「主人はどこへ行ったんですか？　謎は解決したんでしょうか？　もうこれで終わりなのかしら？」

「謎は終わりにはほど遠いですよ、ミセス・クリーヴィー。ベルグレイヴ・スクエアと聞いて、何か心当たりがありますか――ご主人とのつながりで？」

夫人は目をしばたたかせた。「ベルグレイヴ・スクエア？　アーサーが行ったのはそこなのですか？　あそこまで一緒に歩いたことは一度あります。これといった理由もなかったのですが。また主人がそこへ行くことになるような出来事は何も覚えていません」

「ベニントン卿についてはいかがですか？」

夫人はいっそう当惑したようだった。「どういうことですか？」

「この名前はあなたにとって意味がありますか？　またはご主人にとって」

「わたしたちが貴族などとどんな関わりがあるというのでしょう？　もちろん、卿のお名前は聞いたことがありますが、お話しするようなことはありません。新聞で見たことがある名前だというだけで。ああ——たしか奥様が何年か前に亡くなられたのでしたね。なんて悲しいことでしょうと思ったのは覚えています。小さなお子様が何人もいらしたから、なおさらです」

「あなたがたと卿の一家とは何のつながりもないのですね？」

ミセス・クリーヴィーは慎重に考えていた。「アーサーの親戚が一人か二人、勤めに出ていますが、ベニントン卿に雇われているのではありません。少なくとも、主人からは一度もそんな話を聞いたことがないです。主人に尋ねてみてください」

わたしは炉棚の上のピラミッド型の時計に目をやって考えた。クリーヴィーの職場へ行ってから二時前に家に戻れるようにするなら、急がなければならない。

「アーサーが起きているか見てきましょう」夫人が言ったちょうどそのとき、扉が開いてメイドがコーヒーのカップなどが載ったトレイを持ってきた。「あなたがたがいらしていると話してきます」

わたしたちが驚いた様子に気づいたらしく、夫人は説明した。「主人は咳で目が覚めたんです。あんなひどい霧の夜にうろつき回ったせいに違いありません。家で暖かくして、治したほうがいいとわたしは言い張りました。主人の事務所は隙間風がひどいんです。アーサーに知らせることがあれば、雇い人が電話してくれるでしょう。

「どうぞ、コーヒーを召し上がって」夫人は促して立ち上がった。「すぐに戻ってまいりますが、何か必要なものがあったら、遠慮なく呼び鈴を鳴らしてくださいね」

「うん、これで状況は変わるな」二人きりになったとたん、ジェスパーソンは言った。長い片腕を銀製のコーヒーポットに伸ばすと、湯気が出ている濃い液体を二つの華奢な白い陶磁器のカップに注意深く注いだ。「クリームは?」

「ええ、お願い。でも、何が変わるの?」

「ぼくたちの理解が」

「わたしたちの理解? わたしを含めてくれるのは親切なことだけれど、まるっきり何も思い浮かばないのよ——あなたは謎を解決したってことなの?」わたしが驚いて見つめると、彼は香りのいい熱いコーヒーを満たしたカップが載ったソーサーを渡してくれた。

「当然、まだ解決してはいないが、今や手掛かりは手に入ったよ。これが精神科医に解決してもらう事件でないことは確かだと。クリーヴィーは誰かに指示されている。謎めいた電話をかけてきたのが誰であれ、そいつは夢遊病者を操る隠れた存在だ。ぼくたちには推測するしかない理由でクリーヴィーを夜に外出させているんだ」ジェスパーソンはジンジャービスケットを取ると、考え深げな顔で噛んだ。

「無言電話がどうやって彼に何かをしろと指示できるの?」

「電話をかけてきた人間は夫人と話さなかった。だからと言って、クリーヴィーの声を聞いたあとも、そいつが黙っていたとは限らない。電話してきた奴は彼に催眠術をかけていて、あらかじめ植えつけておいた命令を呼び起こすような言葉を口にしたのじゃないかと思う。それからどこへ行けとか、そこで何をしろといった短い指示を出したのだろう」

「でも、クリーヴィーは何もしなかったじゃない」

「そうだ。もし警官に捕まったら、逃げるように教えられていたと考えられる。もしかしたら今夜また、彼は指示されたことを実行しようとするかもしれない」

わたしはこの家を最初に訪ねたときのことを考えていた。夢遊病が起こった前の数日間の、いつもと違う出来事に注目することの重要性を、ジェスパーソンがどれほど強調していたかを思い出して言った。「あなたはこのようなことを予想していたのね」

もう一枚取っていたビスケットの残りを飲み込みながら、彼は首を横に振った。「いや……いい加減な感じの行動に、何らかのパターンを見つけられたらと願っただけだ。胃にもたれるような食べ物をたくさんとったあととか、感傷的な歌を聞いたとかいった夜に彼がさ迷い歩いたなら……だが、クリーヴィー自身の生活とは何の関係もないことがわかったわけだ。彼は見知らぬ誰かに支配されている。過去のどこかの時点でクリーヴィーは催眠術をかけられ、電話の声からの指示を待つようにと命じられたんだ」

奇妙に聞こえはしても、この仮説は筋が通っていた。「クリーヴィーに話すの？」

「いや、まだだ。彼にも夫人にも何も話さないでおこう。不安を覚えるだろうし、背後にいる人間の手掛かりがつかめるまでは、警戒させるようなことをするのはよくない。心配するに決まっているからな」

間もなくミセス・クリーヴィーが、ジェスパーソンが病人を見舞うのはかまわないという返事を持って戻ってきた。わたしは家族と無関係の女性だから、彼女の夫のベッド脇に行くことを認められるとは期待していなかった。夫人と話して何か役に立つことがわかればいいと思った。

わたしはアーサー・クリーヴィーの夢遊病の背後にいる謎の人物についての会話に夢中になるあまり、コーヒーを飲んでいなかったし、ビスケットも味わっていなかった。ジェスパーソンが何枚かビスケットを残してくれたことに感謝した。

「これはおいしいわね？」夫人は自分のカップにコーヒーを注ぎ、相当減っているビスケットの山にうなずいて見せた。「料理人に関して、うちは運がよかったわ！ 彼女はかけがえのない人なの」

雑談はわたしの得意とするものではなかったから、失礼だと思われないことを願いながらいきなり本題に入り、ご主人は催眠術をかけられたことがあるかと尋ねた。

彼女は驚いたように声をあげて笑った。「いいえ、まさか！ 前にお話ししなかったかしら？ ドクター・リントンからまさにそんな提案をされて、主人が頑《かたく》なに拒否したことを」

「ああ、そうでしたね」覚えてはいなかったけれど、そう言った。「でも、お二人のご結婚についてのドクター・リントンの考えを思うと、ドクターが催眠術を成功させられると思うほどは、ご主人は信用していらっしゃらなかったんでしょうね。もしかしてもっと前、事情が違っていたころなら……？」

「絶対にありません」夫人はきっぱりと言い、スプーン一杯の砂糖をコーヒーに入れてかき混ぜた。「主人はそういったことには決して賛成しないでしょう」

「なぜ賛成しないのでしょうか？」

「あらあら、質問はもっと上手になさったほうがいいわ。主人が催眠術をかけられたいと思う理由があるか、と」

「ご主人に夢遊病の症状があることを考えますと――子どものころからずっと――これまで誰かが催眠術をかけることを提案したかもしれません。というのも、実際、夢遊病の状態と、催眠術によって引き起こされる催眠状態は密接な関係があるからです」わたしは自信を持って言えるのを感じた。この話題について最近、本を読んでいたおかげだ。

「まさか。とにかく、とても興味深いですわね」彼女は礼儀正しく言った。そして頭を振った。「でも、わたしが知るかぎり、アーサーと出会う前に夢遊病だからと言って彼に催眠術をかけようとした人はいません。それに、今、催眠術を試してみろと主人に言っても無駄でしょう」

「ずいぶん確信がおありなんですね」

ミセス・クリーヴィーはカップ越しにわたしにほほ笑んだ。「主人のことならよく知っていますから。それにわたしが知っている主人は、誰かに自分を支配されて、舞踏室にいると思いこんで舞台で踊り跳ねるとか、悲鳴をあげる観客を前に焼いた針を突き刺されるといった、ばかなまねをさせられるなんて耐えられないでしょう」

わたしは微笑を抑えた。「ですが、そういうものは舞台での催眠術です。催眠術は実際的な目的で用いられます。自分が何をやっているかを知っている人間によって演じられるものとは大違いです」彼女に理解してもらえないことを感じ取り、角度を変えた質問にしてみた。「とにかく、奥様たちはさっきおっしゃったような見世物をご覧になったことがあるようですね？」

「ええ、本当のことを言うと、新婚旅行で訪れたパリで。その見世物を勧められたのでしたが――わたしたちはどんなものを経験することになるのか、何も知りませんでした」夫人が身を乗り出すと、絹のドレスの裾がすれ合う音がした。「それはとても上品な見世物でした――上流階級の人々がみな来ていました――ご存知でしょうが、演芸にはとても優美なものがあります。コミックソングという上品でもないものもありますが、ああいうものはよくわかりません。すばらしい歌手が何人もいて、見事な音楽があり、踊り手も出てきました。それから催眠術をかける奇術師が登場したのです。彼はかなり邪悪な顔つきで、赤い絹で縁取りされた長い黒のイブニング・マントをまとっていました。いくつか奇術をやって見せてから、次の出しもののために手を貸してくれる人が必要だと言ったのです。そして舞台の近くに座っていたわたしたちに目を留めました――アーサーに気づいたというべきでしょうね。無理もありません。あんなに大柄で長身で男らしいから、確かに目立ちますもの。

「おそらく奇術師は思ったのでしょうね。これほど強そうな外見の紳士が自分の指図に従って踊ったら、さぞおもしろいだろうと……でも、アーサーを舞台に上がる気にさせられたはずはなかったでしょう――ありがたいことに！　わたしたちにはその出しものがどんなものか、見当がつきませんでした。奇術師が犠牲者にどんなことをするのかを見たとき……」ミセス・クリーヴィーは同情するように眉を寄せた。「わたしはどうしても笑えませんでした。わたしのアーサーも、いとも簡単に愚か者の真似をすることになったかもしれないと思ったら」

「舞台での催眠術は冗談のように見えるかもしれません」わたしは言った。「でも、適切に用いれば、良いことのために使える強い力になります。悩みを楽にし、痛みを取り除けるのです。将来は、少なくともある種の手術には薬よりもいいと思われるかもしれません」

「本当ですか？」

五十年前に出版された本――ジョン・エリオットソンの『催眠状態における無痛外科手術の多数の実例』を思い出しながら、わたしは催眠術を使って患者を寛がせることができる歯医者の話をでっちあげた。おかげで患者はもはや治療を受けに行くことを怖がらないし、抜歯されても少しも痛みを感じなかった者も多いと。ミセス・クリーヴィーの顔に変化が現れたのを見て、わたしは話をやめた。「何か思い出されたことがあるのですね」

彼女は膝に視線を据え、スカートの折り目を撫でつけた。「ええ……あなたの歯医者さんの話で……なんて不思議なんでしょう……わたしたちがその公演を観た翌朝、ずいぶん早い時間にアーサーは激しい歯痛で目を覚ましました」わたしと目が合った彼女の目が光った。「奇妙でした。というのも、舞台にいた催眠術師は手伝いを申し出た気の毒で愚かな人に歯が痛いと思い込ませ、彼の歯のおよそ半分を抜く真似をしたからです。寝ながらうめいているアーサーの声を聞き、そのことを夢に見ているのねと思いました——わたし自身、似たような悪夢を見たからです。でも、目を覚ましたとき、アーサーの顔は腫れていて大変な痛みを感じていました。なすすべもなくて、彼は薬屋を探しに出かけました」

ミセス・クリーヴィーはちょっと間を置いた。「帰ってきたとき、アーサーは人が変わったようでした。いえ——そうではないわ。痛みがなくなって、アーサーは元の自分に戻ったんです。歯痛はぶり返すことがなく、新婚旅行が終わるころには、彼はそのことをすっかり忘れてしまいました」

「薬屋はご主人にとても強力な薬を与えたに違いありませんね」

「薬などなかったのです。時間が早すぎました。最初に行った薬屋はまだ開店していなかったので、アーサーはその近くのカフェに行ってブランデーを頼んだそうです。隣のテーブルにいた男性から、具合が悪いのですかと尋ねられたとか。その人は英語で話しました。苦痛があると、人はずいぶん弱くなってしまうものですね……主人は彼が心配してくれたことに礼を言い、歯が痛いのだと説明しました。歯医者のところへ行く気になるまで、手に入るうちでもっとも効く薬は今頼んだブランデーだろうと。

「相手の男性は、それよりも良い処置をしてあげられると言ったそうです。彼は治療師だと名乗り、自分は神の力によって、病人に触れるだけで痛みを取り除くことができると。アーサーがすべきなのは彼に治療の許可を与えることだけでした。

「あとで話してくれたところによると、主人は本気で信じていたわけではなかったそうです。男性が望んでいるのは祈りを捧げる口実だけで、改宗させて自分の教会に属させようとしているのだろうと、アーサーは思っていました。でも、苦痛があるとき、人は助けてくれそうなものなら何にでも手を伸ばしがちです。だから、アーサーはぜひやってみたいと紳士に言いました」

「その人は何をやったのですか?」

ミセス・クリーヴィーは顔をしかめて思い出そうとしていたが、ゆっくりと首を横に振った。「思い出せないわ。たぶん祈りのような言葉をいくつか言ったのでしょうね。もう痛みはないと彼がアーサーに告げたとき——本当に痛みはなかったそうです」

わたしの胸は興奮でどきどきした。「その男性の名前は何でしたか?」

夫人はほほ笑んで頭を振った。「アーサーが名前を言わなかったのは確かです。その人を『小柄な男』と表現したけれど——主人にとって、たいていの男性は小柄ですものね」

「イギリス人でしたか?」

「よくわからないの。彼は英語を話したそうですけれど……かすかな訛りがあったのじゃないかと思うわ」彼女は肩をすくめた。「アーサーはあまりその人について話しませんでした。たぶん身勝手な行動でしょうけれど、いったん痛みがなくなると、わたしたちはどちらもそのことをあまり考えなかったんです」そのとき、ミセス・クリーヴィーは事実を補いそうなことを思い出して明るい表情になった。「もちろん、アーサーはとても感謝して、名刺を差し出して約束しました。もし、あなたがロンドンのあたりに引っ越すことになって必要なものがあれば、無料でお手伝いしますよ、と」

「でも、彼からは何の便りもなかったし、会うことも二度となかったのですね？」

「わたしはその人に一度も会ったことがありません。わたしの知るかぎり、アーサーもそれ以来会っていないでしょう――会ったら、話してくれたはずです」

ミセス・クリーヴィーは公演で見た催眠術師の名前を思い出せなかった。これほど年月が経ったあと、多くの公演の中で一度しか見たことがない人の名を彼女が覚えていたら驚きだっただろう。公演の場所はモンマルトル大通りにある〈ヴァリエテ〉劇場で、夫人はだいたいの日にちを覚えていた。

ジェスパーソンが戻ってきたころには、わたしはかなり満足し、シニョーラ・ギャロと会うために帰りたくてたまらなくなっていた。だから、それ以上ぐずぐずしなかった。

霧に覆われた通りをサウス・ケンジントン駅に向かってきびきびと歩いていたとき、ジェスパーソンはアーサー・クリーヴィーからなんら有益な情報を得られなかったと話してくれた。クリーヴィーはベニントン卿についてまったく知らず、ベルグレイヴ・スクエアが彼の感情に訴えることも、彼の背景に何かの意味を持っていることもなかった。そのあたりの家や事務所のどれかを訪ねたことがあるという記憶もなかったのだ。

「電話がかかってきたことについてだが、彼は一切覚えていなかった。興味深いことだよ。催眠暗示はまわりの状況についてすべて忘れるようにという命令で隠される場合が多い」ジェスパーソンは話した。

「催眠術をかけられたことがあるかどうかと、彼に尋ねたの？」

「クリーヴィーは催眠術という考えに大反対だった。資格があって信用できる催眠術師――ぼくのことではないよ――なら、夢遊病の原因を明らかにできるかもしれないと恐る恐る勧めたとき、彼が起き上がってぼくを放り出すかと思ったよ！」

わたしはひそかに微笑した。「新婚旅行で見た公演のことは話していた？　パリの〈ヴァリエテ〉劇場でのものだけれど」

「ああ、彼が前にそういう公演を観たことがあるに違いないとぼくは推測していたんだ。いつ、どこで観たかはさほど重要ではあるまい」

「あら、わたしはそれが重要だと思うわよ。謎の歯痛についてはどう思う？」

ジェスパーソンは彼の歩調に合わせて隣を歩いているわたしを見下ろし、ほほ笑んだ。「彼の妻からどんなことを知ったんだい？」

一部始終を詳しく話した。ちょうど話し終わるころに駅に着いた。

切符を買ってホームまで降りる間は話が途切れた。それから汽車の到着を待つ間にジェスパーソンは尋ねた。カフェにいた男と、舞台にいた催眠術師が同一人物だと思うかどうかと。

「同じ人だと思うわ。もし、クリーヴィーがひどい歯痛で目が覚めるという暗示にちゃんとかかっていたなら、ブランデーを飲むためにどのカフェに行ったらいいかについても潜在意識に働きかけられていたかもしれない。または、その男はクリーヴィーのあとをつけたのかも。会う機会なんてなかったはずだから。たぶん、彼はロンドンで自分の命令を実行する誰かを探していて、クリーヴィーに白羽の矢を立てたのよ。夫人がその催眠術師の名を覚えていないのは本当に残念ね」

「覚えていたとしても、何もわからないかもしれないぞ。そいつは〝ミスター・神秘《ミステリオーソ》〟とでも名乗っていたかもな」

わたしは異議を唱えた。「〝ムッシュー・ミステリオーソ〟でしょう。パリだったのよ?」

「パリでは〝ミスター〟のほうがロマンチックなのさ――バーミンガムから来た異国的な外国人ってことでね」

ついに探していた悪党の姿が垣間見えた気がしてうれしくなり、わたしたちは笑い始めた。汽車がホームに入ってきたとき、二人ともまだ笑顔だった。

第十一章　準備

ガウアー街の家に戻ったとたん、パイを焼くかぐわしい香りに迎えられた。もっと楽しくないものも待ち受けていたのだが、それはわたしたちの両方に宛てられた、ガブリエルの見慣れた筆跡の手紙だった。

「まさか、そんな」彼女が訪問を中止すると書いてきたに違いないと、わたしはすぐさま推測した。便箋にガブリエルが書いていたのは、昨夜、心と精神を働かせすぎたせいでフィオレルラが疲労困憊し、今日は何もできないということだった。ミス・ジェソップの持ち物からの〝読み取り〟はフィオレルラの疲れが取れるまで待たなくてはならない、と。

「ああ、もう、ガブリエルったらひどい!」わたしは大声をあげ、ジェスパーソンに便箋を突き出した。

「彼女が本当のことを言っていると信じていないんだな?」

「あの人は何かを企んでいるのよ」わたしは暗い声で言った。

「女性の直感かい？」彼はからかうようににやりと笑った。

「探偵の推理よ」ぴしゃりと言い返した。腕組みしてジェスパーソンを見つめる。「からかわないで。理解できるかどうか見てちょうだい」

ジェスパーソンは短い手紙に目を通し、うなずいた。「霊能力は体力と同じように休息してふたたび力を取り戻すことが必要かもしれない。だが、昨夜の公演の終わりにシニョーラ・ギャロは疲れたように見えなかった。シニョーラがどう主張しようと、やめたのは疲労したからではなく、退屈だったからだろう。それにここへ来ることに同意する前、ミス・フォックスの声には何の懸念も現れていなかった。つまり、シニョーラの力を失わせるような何かが今朝起こったのかもしれない――しかし、きみは昔の友人が正直に話していない可能性のほうがあり得ると思っている……興味深いよ」

彼は首を傾げた。

「わたしは彼女を長い間知っているのよ」やり返した。「もし、今朝何かが起こったなら、そう言うはずでしょう？　手紙の調子から、彼女には隠していることがあると伝わってくるのよ」

「霊能者がまた失踪したとか？」

「シニョーラ・ギャロがってこと？」わたしは首を横に振った。「ミス・フォックスの文章には緊迫感がない。秘密はあるのでしょうけれど、たいしたものじゃないわね。もし、今日ここへ来たら、自分の準備ができる前にわたしが嗅ぎつけてしまうんじゃないかと、彼女は心配しているのよ」

ジェスパーソンはありありと関心を浮かべた目でわたしを見つめた。唇にはかすかな笑みが漂っている。「その手紙の裏にある秘密がわかるまで、どれくらいかかると思うかい？」

「そう長くはないわね」わたしは自信満々で言った。

「直感か？」

「わたしが言っていることはすべて、彼女の性格を知っていることに基づいているの。ミス・フォックスは衝動的な人よ。昨夜から今朝の間に何かを知ったのでしょうね。それに従って行動しようと決めた彼女はわたしたちとの面会を取り消した。意図を知られたら、わたしに止められるかもしれないと感じたのよ。それが何であれ、間もなく起こるでしょう」

ミセス・ジェスパーソンが玄関ホールへやってきた。「あなたたちが帰ってきたんじゃないかと思ったのよ。どうしてこんなところに立っているの？　パイが焼けました。食べにいらっしゃい」

そのあと、わたしはフランス語の辞書を手元に置き、学生時代に習ったフランス語をこれ以上ないほど慎重に用いて、最善を尽くした手紙を書いた。パリのモンマルトル大通り七番、〈ヴァリエテ〉劇場の支配人宛てに。（住所は『ベデカー旅行案内書　パリ』の最新版で確かめた）
自分は俳優のための業務代行社の共同経営者であると説明した。かつて貴劇場に出演したことがある奇術師かつ催眠術師のすばらしい評判を耳にしたのだ、と。残念ながらその催眠術師の名前はわからないが、出演した日を書き送るので、彼のマネージャーか代理人の名前、もしくは住所の詳細を教えていただけないかと書いた。それからわたしは郵便局へ歩いていき、手紙を出した。

手紙を書いて短い散歩をしても、動きたいという欲求は収まらなかった。ベルグレイヴ・スクエアへ行くまではまだ数時間の暇があり、わたしは部屋の中を歩き回って何かやることを考えようとした。ミセス・ジェスパーソンは暖炉の前で繕い物をしており、ジェスパーソンは新聞を熱心に読んでいた。いつも何かしら興味のある事件を探していたのだが、記事になっている事件の大半は彼にとって本物の謎とは言えなかった。たやすく狙えると思った獲物を追いかけてすぐに捕まってしまう非行少年やならず者や小悪党による暴力事件だったのだから。

つらつらと物思いにふけっていたわたしの考えは、最近、ナイフを振りかざしていた若いならず者と出会ったことへと移っていった。ジェスパーソンは「蛇を魅了する技術」と呼ぶことを好む方法――催眠術、催眠療法、洗脳などの名で呼んでもいいが――を用いて、あの若者から武器を取り上げたのだった。あれはとても並外れた力だったし、目に見えるどんな凶器よりも恐ろしかった。ジェスパーソンを信頼し、善人だと信じてはいても、アーサー・クリーヴィーを罠に陥れた見知らぬ悪党が利用したのと同じ闇の技術を、自分の相棒が使えるとわかったことがいまだに気がかりだった。

とはいえ、この分野に実際的な知識を持っているおかげで、ジェスパーソンはクリーヴィーの夢遊病の裏に隠れた謎をほとんど解決できる機会を得られたのだろう。

「ミス・レーン、失礼しますよ。でも、そんなふうにうろつき回る必要は本当にあるかしら?」わたしは驚いて足を止めて振り返り、ミセス・ジェスパーソンと向かい合った。彼女は笑顔を作り、不満げな口調をすぐさまやわらげた。「絨毯が擦り切れてしまうんじゃないかと思うの。うちには修繕する余裕がないのよ」

「すみません」彼女の横の椅子に腰を下ろしたものの、そわそわして落ち着かなかった。「わたしは行き場のないエネルギーでいっぱいなんです。霧が出ていなければ、散歩に行ったほうがいいのでしょうけれど。何もしないでいるのが嫌いなんです。役に立っていないことがつらくて」

ジェスパーソンは新聞から顔を上げてもったいぶって言った。「活動と有益性を混同してはいけない。結局のところ、何もしないことが正しい対応だというときがあるんだ――人間ができるもっとも賢明で役に立つことが、何もしないことだという場合がね」

わたしは天井を仰いだ。「それはあなたが旅の間に身に着けた東洋の知恵の一部なの？」

彼は笑った。「そうだな――実は――そのとおりだ。これは武器を持たない戦士として戦うことを教えてくれた、東洋の師匠の言葉だ。もちろん、ぼくなりに翻訳した言葉のわけだが」

「蛇を魅了する技術と混同してはいけないのね？」

「ああ、そうだ。ぼくは中国で学んだ自己防衛の方法について話している。まさか、忘れてしまったんじゃないだろうな？　ぼくがそいつを使うところを見たことがあるはずだよ。『贖罪物の奇妙な事件』のときに。たぶん、ほかにも使ったときがあったはずだ――ぼくが基本的な動きを練習するのを見たことがあるだろう」

「ええ、もちろん」わたしは言った。「忘れていないわよ、ただ……」ただ、わたしのバッグを奪おうとした男に対抗するために彼が選んだ方法があまりにも劇的だったから、忘れてしまったのだ。

いくつかの滑らかな動きであの悪党の手からナイフを蹴り落とし、相手を倒すなんてジェスパーソンには簡単だったことを。この方法で戦うのをはじめてわたしが目にしたあと、ジェスパーソンは話してくれた。それは自分よりも大きくて力も強い襲撃者に立ち向かうとき、有利になれるように作られた方法だと。

ふいに自分がまた立ち上がっていることに気づいた。この訓練を受ければ、女性も子どもも、年寄りでさえも充分に自分を守れると彼が話してくれたことを思い出しながら。「わたしでもそれを学べるの？」

「そう望むなら、できるに違いないよ」

「教えてくれない？」

わたしたちはしばらく無言で見つめ合っていたが、ジェスパーソンはすまなそうに言った。「ぼくは師匠じゃないんだ。誰にも教えたことはない。きみはまともな師匠を見つけるべきだよ」

「そうね。でも、賢明な東洋の師を見つけて、授業料を払えるようになるまで、あなたの知識を分けてもらえない？　せめてわたしが身を守れるくらいに」

ジェスパーソンは身構えるような表情になった。「なぜ、そんなことが必要なんだ？　ぼくがきみを見捨てたことがあったかい？」

「もちろんないわよ。でも、わたしが一人きりのときはどうするの？」前と同じような口論をまた自分たちがやっているのを感じた。一人ではどこへも行かせないとジェスパーソンが誓ったりしないうちに、急いでつけ加えた。「そういう状況は避けられないかもしれないのよ。またはこんなことを考えてみて。あなたが悪党の集団に襲われたとするわね。たとえば、相手が五人だと想像してみて？誰もわたしを脅威とは見なさないでしょう――わたしを捕まえようと一人がやってきたとして、わたしにそいつから逃れる技術があれば、そのほうが絶対にいいでしょう。わたしのためにあなたが降参するしかなくなるよりも。あなたを手助けすることさえできるかもしれない」

男の人には付き物の誇りに常識が勝った。女性の探偵にとって自分の身を守れることは確かに役に立つと彼は同意し、初心者のわたしに手ほどきするぐらいはできると認めたのだ。

わたしは飛び上がった。「じゃ、始めましょうよ？」

「今すぐかい？」ジェスパーソンは新聞を脇へ置き、散らかった広い部屋に視線を走らせ、訓練の場としてふさわしいか確かめていた。「少し片づけて場所を作る必要があるな」

わたしは小さめの家具をいくつか部屋の隅の邪魔にならないところに押していった。ジェスパーソンはわたしの頭から爪先まで一瞥すると、母親に視線を向けた。「彼女にズボンを用意できるかな？」

「わたしのもので間に合うでしょう」

〝ズボン？〟わたしは地味な服装の年配女性を驚いて見つめた。「ズボンは下品なものじゃありませんよ」ミセス・ジェスパーソンはすかさず言った。「ゆったりして、パジャマのようなものなの。本当に、もっと慎ましいものだし、普通の女性の服よりも間違いなく実用的よ」

わたしが完全には納得していないらしいと見て取り、彼女は説明した。「ジャスパーには練習相手が必要なの。さもなければ、わたしはそんなことを考えもしなかったでしょう。いったん、ジャスパーの練習相手になると、大急ぎで学ばなければならなかったわ。そうしないと怪我をしかねなかったから」彼女は微笑した。「ミス・レーン、自分の身を守る方法を学びたいというのは賢いと思いますよ。もちろん、そんな方法を使う羽目にならないのがいいけれど、自衛の能力を身に着けていてとてもよかったと思ったときもあったわ。男の人が誰でも特別に賢いとか力があるとかいうわけではないけれど、ほとんどの男性は女を簡単にやっつけられると思っているのよ」

ジェスパーソンが咳払いすると、母親は脇へどいた。ぽっかりと空いた部屋の真ん中で、わたしは彼と向き合った。

「まずは降伏することから始めよう」

わけがわからずジェスパーソンを見つめた。彼はにっこりした。「さっき言っただろう? 何もしないことについて」

「わたしは何もしないということ?」

「正確に言えば、そうではない。風が吹いたときにしなる木は折れないんだ。きみが静かな道を歩いていると想像してみよう。突然、男が一人現れてきみのほうへ走ってくる。目的はきみを押し倒して持ちものを奪い取る――」

彼の母親は図書館から借りてきた三巻本の一巻目をわたしに手渡した。

「ぼくは書籍収集狂だ。きみが持っている本を目にすると、盗んでやれという気持ちに駆られる。きみの体格や背丈から判断して、簡単に本を奪えると思い込むわけだ」彼は早口で言った。「用意はいいか？」

「まだよ」ごっこ遊びをするとは思わなかった。「わたしは何をしたらいいの？」

「ぼくに尋ねてはだめだ。泥棒だからな。自分に訊いてみろ。貴重な本を盗もうとしているけだものを、どうやったら止められるかな？　ぼくに怪我をさせないかなどと思わなくていい。必要なら、殴ってくれ。できるだけ強く――」

「そんなことできない――そんなこと、一度も――」

「ミス・レーン。本気で自衛方法を学ぶ気があるのか？」

「あるわよ」実を言えば、戦うなんて考えは大嫌いだったし、どんな形でも暴力をふるいたくはなかった。でも、犠牲者になるのはもっと嫌だ。

「だったら、真剣にやらなきゃだめだ。本物の危険に遭っているように反応しろ。始めるぞ」

準備はできていると思っていた――本をきつく握り締めるつもりだった――けれども、あまりにもあっという間の出来事だった。ジェスパーソンがぶつかってきた衝撃の激しさに驚いた。立っていられたのは運がよかったのだろう。気がつくと、わたしの両手はからっぽだった。

部屋の向こう側からジェスパーソンが盗んだ本を振って見せた。

「もう一度やってもいい？」

二回目も最初とまるっきり変わらなかった。三回目も。何が起こるか予期していても、わたしは阻止できなかったのだ。

「ほかのやり方を見せようか?」

わたしは歯を食いしばってうなずいた。

「母に手本を示してもらおう。見ていろ」

わたしは脇へどき、ミセス・ジェスパーソンに本を渡した。彼女はわたしよりもさらに危険にさらされているように見えた。彼女が効果的に身を守るところなど想像もできなかった。

ジェスパーソンは全速力で母親に突進した。頭を下げ、本をつかもうと両手を伸ばして。その光景を見てわたしは緊張したが、ミセス・ジェスパーソンは体をこわばらせることもなければ、身をかわそうともしなかった。ただわずかに体を傾け、一歩あとずさっただけだった。体がぶつかることはなく、前進してくる彼の動きを止めることもなかった。襲撃者になるはずだったジェスパーソンはただ進み続けた。ギリギリの瞬間になって、ミセス・ジェスパーソンが肩を軽く押すと、彼はわずかによろめき、体勢を立て直して振り返り、また突進してきた。

ミセス・ジェスパーソンはまたしても彼が進む方向から動いた。あまりにもわずかな動きだったのでどうやったのかわからなかったが、息子は床に伸びていたのだ。

ジェスパーソンはほほ笑みながら飛び起き、わたしを見やった。わたしは眉を寄せた。「実に芝居がかっていたけれど、わたしは納得していないわよ。わざとあなたが負けるようにしたんでしょう。

いいことじゃないわよ、サー。あなたが戦うところはちゃんと見たことがあるんだから」

「手厳しいな、ミス・レーン」彼はため息をついた。「やろうと思えば、この小柄な女性を殴れたことは認める。だが、目的はぼくの技術を見せることではない。小さくて見るからに無防備な女性でも、体への強い攻撃をそらせる方法を示すことだったんだ。無防備な女性から何かを奪おうとする普通の犯罪者は、ただ物をつかんで逃げる以上の洗練された手口など試そうとしない。相手が逃げたら、偶然か、攻撃が弱かったせいだと思うだろう。だから、二度目はもっと力を加える。抵抗されることを予想する——自分の強い力に対するか弱い抵抗を。彼が予想しないのは、自分の体の大きさや攻撃の速さや力が、自身に跳ね返ってくることだ。ぼくはよろめいたふりをしたわけじゃなかった。きみが目にしたのは自然な、避けられない結果だったんだ。相手の力を利用して戦う方法を学んだ人間を攻撃する者にとってはね」

「わたしから本を取ろうとしてみたらいいかもしれないわ、ミス・レーン」ミセス・ジェスパーソンは言った。「経験は言葉に勝るものだから」

わたしは同意し、彼女に突進した。でも、息子のときと同じように、ただ彼女の横を通過しただけだった。肩を軽く叩かれた感触もほとんどなかった。くるっと向きを変えてもう一度、突進したが、すぐさまとらえられているのに気づいて驚いた。片腕をつかまれて背中側にまわされていたのだ。子どものころの喧嘩の経験から、逃げようとすれば痛くてたまらなくなるとわかっていたから、わたしは動かずに叫んだ。「待った！」

ミセス・ジェスパーソンは笑い声をあげて放してくれた。「最初は本気でかかってこなかったでしょう」彼女はたしなめた。「もう一度やってみて。今度は本気でね。わたしを打ち倒そうとしてみて」わたしはもう一度やってみた。さらにもう一度。だが、努力してもミセス・ジェスパーソンに満足してもらえなかった。

「あなたはわたしの横を駆け抜けているわ――わたしが逃れることを予測しているのよ。動きを先取りしているの」

まあ、当然だろう。ミセス・ジェスパーソンは本気でわたしに倒されることを望んでいないはずだ。挑戦してほしいと、ミセス・ジェスパーソンは言い張った。「あなたが力を出してこないなら、それをあなたに返せるはずないでしょう？　怪我をさせないかなんて心配しないで。これをゲームだと思ってはだめ。必要なら、これを大事なゲームということにしましょう。本を奪い取って――できないなら、今夜は食事抜きよ！」

わたしは微笑したが、彼女は厳しい目で見返してきた。わたしは肩をいからせ、深呼吸した。

「用意はいい？」

今度は本気で彼女に突進した。相手は楽々とわたしを避けた。

「さっきよりいいわ、かなりいいですよ」わたしがよろめいて倒れそうになると、ミセス・ジェスパーソンは言った。

訓練は一時間近く続いた。わたしは一度も本を取れなかったが、役割を交替すると、彼女が何をやったかが前よりもよくわかった。そして彼女をかわし、少なくとも四回か五回のうち一回は本を奪われないでいられた。とうとうミセス・ジェスパーソンがこれで終わりと言ったとき、わたしは疲れ果てていた。

「部屋に来てちょうだい。わたしの服があなたに合うか見てみましょう」

ズボンを貸してあげると言われたことをほとんど忘れていた。でも、練習中に少なくとも二度は床に伸びてしまったので、違う服を着たほうがもっとすばやく動けて楽じゃないかと思った。

ミセス・ジェスパーソンのズボンは濃紺のネル地で、幅広の脚の部分の布地を惜しまずに切ってあるため、足首丈のスカートのように見えた。ウエストに引き紐がついていて、きつく締めるとちょうどよかった。

「着心地はいいかしら？　直さなくても大丈夫だと思うのよ。あなたはわたしより少し痩せているし、ウエストももっと細いけれど、それ以外はそんなに変わらないでしょう」

「ありがとうございます。ご親切に。役立つに違いないです」

「もう一つあるのだけれど……」ミセス・ジェスパーソンはためらった。「押しつけだと受け取ったり、腹を立てたりしないでね。今夜、ベニントン卿のところへ着ていくものについては当然、あなた自身の考えがあると思うのよ。わたしは失礼なことをしようなんてつもりはないのだけれど……」

彼女の遠慮がちな態度が不安だった。スカートを膨らませる枠組みが必要な、ひどく時代遅れの服を断る羽目になるなんて気詰まりな状況にならなければいいがと願った。

「わたしの服は最新の流行ではないかもしれないけれど、いつもの服装でも充分にちゃんとしているし、まずまずに見えると思っています」わたしは明るく言った。「それに、わたしを見る人なんていないでしょうし」

わたしが話している間に、ミセス・ジェスパーソンは大きなオーク材の衣装箪笥へ行った。取り出したのはかすかに光る金色の絹のロングドレスだった。しなやかですっきりしていて少しも古くさくなかった。

「上海で買ったの」彼女は説明した。「あのころのわたしはもっと痩せていたけれど、それでも体にぴったりしていたわね。今では体を押し込めないはずよ。着てみてくれないかしら?」

まるでおとぎ話の中みたいに、わたしは彼女に手伝ってもらってドレスを身に着けた。これまで着たこともなければ、着るなんて夢にも思わないドレスだった。美しく輝き、肌に吸い付く生地の感触に、シャンパンを飲んだような気分になった。完璧な服を着ているときは行動するのがより簡単になると、かつて姉が言ったことを思い出した。このドレスをまとっていると、自分を別の女性だと想像できた。美しくて裕福で謎めいていて、自分の力に自信を持っている女性。

「鏡を見てごらんなさい」

けれども夢が壊れるのではないかと怖くて、わたしは鏡に背を向け、少したるんで腰のあたりにだらりと垂れた絹地を引っ張った。「美しいドレスですが、わたしには大きすぎます」

「ちょっと縫えば、申し分なくぴったりになるわ。今夜あなたが着て行けるように直しておきますよ」

「なんてご親切に。でも――これはあなたのドレスです。わたしのために直して欲しいなんてお願いできません」

「言ったでしょう、わたしは着られないのだと。それに箪笥の奥にしまっておいても、誰のためにもならないわ。もっとも、あなたが気に入らないなら……」

「とても気に入っています」

熱を込めずに言ったのだけれど、ミセス・ジェスパーソンはそこにこもる感情を聞き取ってくれた。わたしの両肩をつかんでくるりと体を回させ、鏡に向き合わせたのだ。「それにドレスもあなたを気に入っているわ。見て！　この色はわたしに似合ったためしがなかったのだけれど、あなたの肌の色だとすばらしく合うわ」

見たこともないような女性が、きらめく金色のドレスに包まれていた。地味で内気なミス・レーンはどこへ行ったの？　ぱっとしない茶色の髪はいつもより豊かで光沢があるように見え、肌は輝いていたし、頬は薔薇色に染まっていた。隣ではドレスの持ち主が温かく微笑し、わたしの喜びを共有している。感謝の思いがどっとこみ上げた。

振り返ってミセス・ジェスパーソンを抱き締めるかキスするべき瞬間だった。でも、別人のようでいつもの自分ではないと思えたけれど、幸福感を自然に表すことがわたしにはできなかった。衣装のおかげで外見は変わったかもしれないが、それだけだった。

「ありがとうございます」そう言った。声も言葉もなんて単調で感情がこもらないのだろうと、自分で嫌になりながら。鏡に背を向けた。「美しいドレスですね。こんなに親切にしていただいて」

ミセス・ジェスパーソンはフンと鼻を鳴らした。「親切？　実際的だと呼んでちょうだい。わたしはこれを着られないし、今夜、あなたはジャスパーの横にいることになるのでしょう。あの子はこのドレスを気に入ると思うわ」

ドレスを脱ごうとすると止められた。「縮めなければならないところに、しるしをつけさせてちょうだい」

わたしは息を殺して固まり、寸法を測られて補正されるままになった。沈黙が耐えがたくなる前に言った。「わたしが何を着ていても、息子さんはほとんど気づかないと思いますが」

「探偵を名乗る人にしては、あなたは驚くほど観察力がないのね」

わたしは首や顔が熱くなるのを感じた。

「ジャスパーはどんなことにも気づきますよ。あなたもそうなるように努力しなくては。さあ。とりあえず、これでいいでしょう」いくつも打ったピンに気を付けながら、ミセス・ジェスパーソンはドレスを脱ぐ手助けをしてくれた。わたしは急いで元の服を着た。

「ドレスを直したらお部屋に持っていきますから、また試着してね」彼女は言った。「それまで少し休んでいて」

自分の部屋に引っ込んで、ありがたい平穏さを味わいながら、ベッドで伸びをした。ほんの数分だけ目を閉じるつもりだった――眠れるとは思わなかった――けれども、扉を軽く叩く音ではっとして目が覚めた。

部屋は暗くなっていた。二時間近くが経っていて、ミセス・ジェスパーソンが風呂の準備ができたと知らせに来たのだった。さらに、たまらなく飲みたかったお茶も持ってきてくれた。

彼女の優しさに頭が下がる思いだった。わたしはこんなに親切にしてもらう価値がない。どうやったらお返しできるのだろう？　わたしの感謝の言葉はありふれて使い古されたものだった。風呂で心地よい孤独を楽しみながらもこんなことをくよくよと考えていた。

そのあと、ミセス・ジェスパーソンはわたしの部屋で待っていた。ランプの明かりと、暖炉でパチパチ音をたてている炎が、温かくて陽気な雰囲気を醸し出している。手伝ってもらってドレスを着た。今度は申し分なくぴったりだったが、前身ごろを見下ろして落ち着かない気分になった。さっきは高い襟がついていたのに、今は首元が開いている。襟ぐりはかなり広く、わたしにはどうかと思われるほどだった。

「ここを少し縫い合わせたらどうでしょう……？」

「あら、だめよ」ミセス・ジェスパーソンはきっぱりと言った。「ブローチで留めたほうがずっといいわ。何か持っているでしょう？」

「銀製のブローチなら――」

「待ってて」彼女は目的ありげにきびきびと部屋から出ていったかと思うと、すぐに戻ってきた。「これは安物の宝石にすぎないけれど、服に上品な感じを与えるし、深い襟ぐりの問題も実際的に解決してくれるでしょう」

ブローチは動物の骨か象牙を彫ってウインクしている猫の顔にした小さなものだった。片目は閉じられ、もう一方の目には緑のガラスがはまっていて、光を受けるときらめいた。なんだかガブリエルを思い出し、わたしはほほ笑んだ。

「あら、よかった。気に入ってくれたのね！　ちょっといい？」

ドレスにブローチを留めてもらった。V字型に切れ込んだ襟ぐりの下から四分の一インチあたりに。「問題は解決しました」わたしは言った。「ミセス・ジェスパーソン、あなたには感嘆し、驚かずにはいられません。あなたが味方なら、何も心配する必要ないですね」

「わたしはあなたの味方ですよ。そのことをわかってほしいわ、ミス・レーン」

今度はわたしも尻込みせずに跳んでみた。「どうかダイ（Di）と呼んでくれませんか？」

「死《ダイ》（Die）？」

「ダイ（Di）です。わたしの愛称なんです」

「そうなの。そんな愛称ははじめて聞いたわ――ダイアナって愛らしい名前よね――」

彼女をさえぎった。「ダイアナを縮めたものではないんです。そうならよかったのに！」深く息を吸った。「父は古典学者でした。残念なことに、わたしにアフロディーテという名をつけました。ひどすぎです」

ミセス・ジェスパーソンは笑わなかった。「そうね――四音節の名前はちょっと言いにくいわね。

女王や女神でない人には」

わたしは声をあげて笑った。嫌な秘密を打ち明け、そんなものから力を剥ぎ取ってしまえてほっとしたのだ。「あなたって本当に頭が切れるんですね、イーディス！」

第十二章　ベルグレイヴ・スクエアでの奇妙な会合

ベニントン卿は、心霊現象研究協会のもっとも著名で、気前のいい支持者の一人だった。どこからでも目につく大柄で心の温かいイギリス人だが、以前は暗い部屋で会うことが多かったし、わたしは自分より目立つ友人と一緒だったから、彼が覚えてくれているとは思わなかった。

だから思いがけない喜びだった。従僕がわたしたちの名を告げ、ベルグレイヴ・スクエアにある屋敷の一階の広々とした大広間の一つへとジェスパーソンとわたしを促したとき、招待主がそれまで話していた客の集団を離れてこちらへ大股で歩いてきたことは。ベニントン卿は片手を差し出しながら、血色のいい顔を輝かせていた。

「ミス・レーン！　またあなたに会えるとはすばらしい！　よくいらしてくださった！　こちらはミスター・ジェスパーソンですな。うれしいですよ、お会いできてとてもうれしい！」

これほど熱烈に迎えられたことに驚いたとしても、ジェスパーソンはその素振りも見せずに卿の手を力強く握った。「こちらこそうれしいです、ベニントン卿。ミス・レーンのついでにぼくもお招きいただいて光栄ですよ」

「ついでに？　当然じゃないですか！　ミス・レーン。新しい仕事について聞いたときは、正直なところ驚いたが、あなたはもっとも優れた探偵になるに違いない。これまでも、あなたは多くの交霊会に参加していますし。あなたはどうですか、ミスター・ジェスパーソン？」

「一度か二度なら」

「何か詐欺行為を暴いたことは？」

ジェスパーソンは軽く微笑しながら首を横に振った。「それはぼくの仕事ではありません」

「だが、いかさまを見抜けると思っておられるでしょう？　どうすれば、テーブルを部屋じゅう飛び回らせることができるのか、あるいは五フィート離れたところにぶら下がっているバンジョーをかき鳴らすにはどうしたらいいか、教えてください」

ジェスパーソンは肩をすくめた。「おそらく彼女もぼくもごまかしがあったときは、察しがつくでしょう。しかし、このパーティを台なしにするためにうかがったのではありませんよ、ベニントン卿」

卿はもじゃもじゃの眉を上げた。「いやいや、台なしにしてもらいたいのだよ！　何らかのトリックに気づいたら、すぐにそう言ってほしい――先へ進まないように止めていただきたいのですよ！ごまかしを証明できるなら、やっていただかなくてはならない」

ジェスパーソンは興味深そうに目を輝かせながら、声を低めた。「何かいかさまがあるとお疑いですか？」

ずんぐりした体で赤ら顔の卿は鼻を鳴らした。「ハ、ハ！　違いますよ。正反対です。何のいかさまも発見しないでしょう――賭けてもいい。この男は奇跡だ。すばらしい存在ですよ。見たこともないことをやってのける。探偵を招待して実演するところを見てもらうとC・Cに話したら、彼はわたしがコナン・ドイルのことを言っていると思ったのだよ！　ハ！　シャーロック・ホームズの生みの親に感心したと彼は言っていた。このことをどう思いますかね？　だが、わたしは言ったのですよ。いや、そうではない、犯罪を解決する本物の探偵のことだとね――」ベニントン卿は眉を寄せながら言葉を切った。「あー、いくつか事件を解決したことがあるのでしたな？　というのも、あなたの名をC・Cに告げたとき、聞いたこともないと言ったものでね。認めないわけにいかないが、わたしも聞いたことがなかった。ミス・レーンから耳にするまで――」

自慢できる成功がどれほど少ないかを痛いほど感じながら、わたしは静かに言った。「わたしどもの顧客は自分の事件が新聞に出ることを望みません――きっとご理解いただけると思いますが」

これを聞いて満足したらしく、ベニントン卿はうなずいた。「もちろんだとも」彼は両手をこすり合わせた。「しかし、ミスター・チェイスが本物の霊能者だと納得したら、公の場で言っていただきたい。自分の名を新聞で目にしたら、彼は大いに喜ぶでしょう」

「新聞記者を招待したほうがよろしいと思いますけれど」

またしてもベニントン卿の笑い声が響き渡った。「当然だとも！　招待したのだよ！　見てごらん

――探偵の仕事をしてみるといい――誰が記者かわかりますかな」

わたしたちの後ろの扉付近で従僕がミスター・フランク・ポドモアの名を告げた。SPRの著名で寛容な一員をベニントン卿が出迎えに行くと、わたしたちは奥へ進んで大きな部屋に入った。

部屋にはすでに二十人ほどの客がいた。わたしが出席したことがあるどの交霊会よりもはるかに規模が大きい。これほどの人が快適にテーブルを囲んで座るなら、アーサー王の円卓並みのものが必要に違いない。けれども演壇は見当たらなかったし、〈メソジスト・ミッション・ホール〉でのシニョーラ・ギャロの場合のように、実演を観客に見せるときに座らせる椅子が何列も並んでいるわけでもなかった。さまざまな種類の長椅子や椅子、ソファや背もたれのない長椅子があり、客の数名――年配の人たち――が腰を下ろしていた。でも、たいていの客は話したりあたりを見たりしながら二人連れで、または小集団で立っている。わたしのように、主賓はいつ到着するのかと思っている人も多いだろう。

SPR時代の知り合いが何人かいることに気づき、わたしは彼らに挨拶してジェスパーソンを紹介した。間もなく彼は人の心を読み取る能力という話題の議論に熱心に加わり、わたしは華奢で良い香りのするレディ・フローレンスに抱き締められた。

「かわいい人!」彼女は大声をあげた。「なんてすてきなのかしら――ずいぶんお久しぶりね。婦人探偵としての新しい仕事に就いても、昔の友達を忘れずに関心を持ってくださってとてもうれしいわ」

レディ・フローレンスを親しい友人だと感じたことは一度もなかったが、こんなふうに感情をあらわにするのは彼女らしいことだった。そして変わらない態度に身も心も落ち着いた。この貴婦人はベニントン卿の義妹だった。彼女は卿の家事全般やベルグレイヴ・スクエアの屋敷での人の出入りについて詳しいので、夢遊病者の事件に関する捜査で役に立ってくれるかもしれないとわたしは思った。もっとも、滝が落ちるような彼女のおしゃべりの奔流に質問を差し挟めればだが。レディ・フローレンスは魅力的な女性で、温かく親しみやすいが、自然が真空状態を嫌うように沈黙を恐れていた。是が非でも沈黙を避けようとして、彼女はあらゆることを話しまくり、ほとんど息継ぎもしないほどだった。

きれいなドレスだわとか、それを着たあなたはなんてすてきなのと大声をあげ続け、探偵としての新しい仕事についてちょっと尋ね、優秀な家庭教師を雇うのは難しいという話から夢における予知といった話題にまで軽く触れたあと、レディ・フローレンスは出し抜けに訊いた。〝さっぱり〟したくないかと。充分にさっぱりした気分だったけれど、彼女が一緒に来てほしがっているのだと気づき、わたしは賛成した。

レディ・フローレンスに戸口のほうへと連れ去られながら、わたしはジェスパーソンの目をとらえた。尋ねるようなまなざしに対して、わたしはただ微笑で答えた。

「ミスター・チェイスにお会いするのが楽しみです」部屋から出て会話の主導権をつかむと、わたしは言った。

「ああ！　そうね、とても興味深い紳士よ。もっとも、落ち着かない気持ちにさせられてしまうけれど」

「というのは？」わたしは当惑して眉を寄せた。

「つまり、彼は人の考えていることをひそかに知ってしまうわけでしょう。開かれた本のように見抜かれてしまうなんて、恐ろしいじゃない？　わたくしは神秘的な雰囲気を漂わせているほうがいいわ。少なくとも殿方のいらっしゃるところでは」

「彼はあなたの心を読んだのですか？　証拠は？」

レディ・フローレンスは階段のてっぺんで立ち止まり、わたしと視線を合わせた。「本人に会うまでお待ちになって」

彼女に連れられて廊下を少し歩き、小さな応接間に入ったが、そこは一種の着替えの間に変えられていた。椅子が二脚に長いソファが一つ。そして洗面器と、湯が入った水差しが置かれたテーブルがいくつかしつらえられていた。きれいに光っている鏡の下の長いテーブルには、機械練り石鹸が入ったボウル、たたんで山にしてあるタオルとフェイスクロス、ローションやオーデコロンの細い瓶や広口瓶が並んでいる。

「わたくしにつき合ってくださるなんて、優しいのね」レディ・フローレンスは言い、わたしの手を軽く叩いた。「あまり長くはかからないわ。もしかしたら、あなたは……いいえ、お髪《ぐし》やお化粧をお直しになっては、などと申しはしません。あなたはこれ以上ないほどきれいですもの。わたくしが戻ってくるまで、鏡の中の自分に見とれていらして」

けれども、レディ・フローレンスが着替えの間から出ていくと、わたしは鏡に映った自分を見て楽しむことなどせずに部屋を横切って窓へ行き、外を見た。その部屋は屋敷の前方にあったから、目の前にベルグレイヴ・スクエアの光景が広がっていた。真向かいに輝いている街灯の下ではおそらく、夢遊歩行していたミスター・クリーヴィーが立っていたことだろう。彼は何を待っていたのだろうか。屋敷に押し入る機会？　家の中にいる共犯者からの合図？　もしも警官が彼に気づかなかったら、どんなことが起こっていただろう？　確かにこの家の中には盗む価値がある物がたくさんある。とはいえ、ミスター・クリーヴィーが泥棒だとは少しも信じられなかった。彼を手先として利用している悪党の存在を暗示する手がかりがあるのだから。

寒気を覚えて窓から離れた。突然、一人でいるのが怖くなった。レディ・フローレンスはどこにいるのだろう？

彼女の足音が聞こえた気がして、わたしは扉まで行くと廊下に出た。けれども、待ち望んでいたレディ・フローレンスの姿ではなく、悪夢から現れたような生き物がこちらへ向かってきた。見えたのは恐ろしく背が高く、頑強な体をした男だった。七フィートはあるに違いないし、身長に比例して横幅もあった。顔は大きくて無表情。髭はなくて、突き出した眉の下の目は深く落ちくぼんでいる。髪は真っ白で女性並みに長く、後ろにひっつめていた。着ている灰色の毛織物らしいチュニックには黒い紐で縁飾りがしてあり、それに近い色合いのズボンの裾は長くて黒いブーツの中にたくし込んであった。

男が近づいてくると、わたしは恐ろしさにたじろいだが、彼はこちらに注意も払わなかった。通り過ぎるとき、風呂に入っていないらしい男の体臭がして、革のブーツがかすかにこすれる音がした。これが幻でないことは確かだった。

わたしの心臓は罠にかかった動物のように激しく打っていた。悲鳴をあげたかった。理性は彼が単なる人間だと――異様なほど大きくて不気味な人だとしても――伝えていたが、論理的な知性は役に立たなかった。前に彼と会ったことがある、しかもこの上なく恐ろしい状況のもとでと、ぞっとしながらも確信していたからだ。

恐怖で麻痺したようになったのは、おぞましい見知らぬ人を目にしたからではなく、彼に見覚えがあったせいだった。一瞬のうちに、彼と会ったことがあると思い出した。目を開けたとたん、今と同じ恐ろしくて青白く、無表情な顔が自分の顔に近づいたときを追体験した。そしてまたしても、力強い両手でつかまれて持ち上げられ、弱々しくもがいても到底逃げられないと感じた。

けれども、そんなことがわたしの身に起こったはずはなかった。

なのに、ある夜の恐怖を思い出した。恐ろしい出会いをした相手をわたしは知っていたのだ。懸命に追えば追うほど、いつ起こったのか、なぜだったのかを思い出せなくなり、記憶は遠ざかってしまう。わたしが誘拐されたことなどなかったのは確かよね？　もし、そんなおぞましいことが起こったなら、忘れるはずがない。それは悪夢に違いないのだ。でも、こんなふうに推測しても、問題は解決しなかった。もしもあの男が見知らぬ人で、会ったこともないなら、彼を目にしてこんなに強烈な記憶が引き起こされるのはなぜだろう？　一度も会ったことがないなら、どんな悪夢にも彼が現れるはずはないでしょう？　もちろん、予知夢を経験したことはあったが、このようなものではなかった。

「ミス・レーン？　どうなさったの？　あらまあ、ご気分が悪いの？」

心の中の葛藤にすっかりとらわれていて、レディ・フローレンスが戻ってきたことにも気づかなかった。わたしの前に立った彼女の滑らかな額には心配げなしわが浅く寄っていた。

彼女はわたしの手首を取った。「まるで幽霊でも見たようなお顔よ」

「幽霊を見たかと思ったんです」わたしは苦労して自制心を取り戻すと、頭を振り、苦痛を帯びたしかめ面ではない笑顔を見せようとした。「ごめんなさい。本当にばかげたことで……ある見知らぬ人をちらっと見て怯えてしまったのです。とても恐ろしい姿でした。背が七フィートはあって、肌は青白くて目は落ちくぼみ、白髪で」

「コサックね」レディ・フローレンスはわたしの体に腕を回して引き寄せた。「かわいい方、よくわかりますわ。暗い廊下に一人でいるときにはじめて彼に会ったら、わたくしなら気を失ってしまうでしょう」

「誰ですか――何者なのですか――コサックとは？」

「彼はミスター・チェイスの使用人の一人よ」

「ミスター・チェイスには使用人がいるのですか?」思いがけない情報にわたしは驚いた。

「ええ、その通りよ。正真正銘のお付きの者たちね。あのとても奇妙な男性の従者だけでなく、彼は専用の料理人を連れて旅をしているの。ご想像がつくと思うけれど、ここの台所にはあまり降りてこないのよ」レディ・フローレンスは気分を害した料理人の真似をして見せた。「もし、ミスター・チェイスが特別なやちゃい料理をお望みなら、ごめーれいするだけでよろしいです」彼女は説明を続けた。家の主人に迷惑をかけるよりはと、ミスター・チェイスは使用人のために別の家を借りたという。

「本当ですか? 近くのはずですね?」

「おそらくそうでしょうね。コサックはひっきりなしに行ったり来たりしなければならないでしょう。もっとも、この家の使用人たちはみんな安堵したに違いないわ。彼と同じ部屋に寝起きしなくて済んだのですから。でも、使用人についての噂はもう充分。下に歩いていけるくらいに具合が良くなったかしら? わたくしに寄りかかったらいかが?」

手を借りなくても歩けます、とわたしは請け合った。

「じゃ、下りていったほうがよろしいわね――ミスター・チェイスをお待たせしては良くないわ」

レディ・フローレンスと階下へ向かいながら、わたしは彼女から聞いたミスター・チェイスの使用人のことで頭をひねっていた。贅沢な暮らしをしている霊能者に何人か会ったことはあるが、それは常に後援者の好意のおかげだった。彼らは特別な才能と他人の気前の良さのおかげで生き延びてきたのだ。自分の使用人を雇えて、彼らのために別の宿を借りる余裕があるなんて、どんな人だろう？　自分は他人の家の客として暮らしているのに？

筋が通らなかったが、これ以上レディ・フローレンスに尋ねる暇はなかった。ふたたび広い客間へ入っていくと、ベニントン卿が銀製のハンドベルを鳴らし、来客の注意を喚起したからだ。会話の騒音が鎮まり、ベニントン卿は咳払いして発表した。

「ようこそ。全員がお揃いのことと思います。みなさまの中にはすでに特別ゲストと会う喜びを味わった方もいらっしゃるでしょう。彼は控えめに我々の間を動き回っていらしたからです。とはいえ、みなさま全員にご紹介できることはわたしの大いなる特権であり、喜びでもあります。わたしが知るかぎり世界で一番すばらしい、物質移動も降霊もできる霊能者である人物をご紹介しましょう！　紳士淑女諸君、ミスター・クリストファー・クレメント・チェイスです」ベニントン卿はお辞儀しながら横を向き、この達人を人々に示した。小柄で細身の、砂色の髪をした、これと言って特徴のない男だった。醜男ではないが、少なくともわたしのところから見た感じでは、肌が青白くて平凡な、小さな口髭以外は剃りあげてある、興味をそそられないほど月並みな顔だ。出席していたほかの紳士と同じように夜会服を着ている。とにかくたった一つ目立つ点と言えば、短躯だということだった。途方もなく小さいわけではないけれど、部屋にいる女性のほとんどよりも背が低そうだ。「コサック」が彼の上にそびえるように立つに違いないと、わたしはいつしか考えていた。あの巨体の使用人が片手で小柄な主人を持ち上げ、力強い両腕で幼児のように抱いて運ぶところを想像した。

ミスター・チェイスがまだ口も開かないうちに、執事が入り口に現れてベニントン卿の注意を引いた。この家の主人は邪魔をされて気分を害したらしく、大声で一言だけ質問した。「何だ？」

「失礼いたします、旦那様。ただ、遅れていらしたお二人が到着しまして……」

「だったら、案内しろ！」

執事はためらっていたが、慎重な口ぶりで言った。「招待客のリストにこのお客様のお名前は載っていないのです、旦那様。しかし、お一人は旦那様がご存知のはずのご婦人らしく、ほかの方から招待状をいただいたとおっしゃるのです。その方のお名前は招待客リストに載っています。ですから、わたくしが思いますのに――」

ベニントン卿はいらだたしげに首を横に振った。「おまえがどう思うかは、どうでもかまわん。そのご婦人がわたしを知っているなら、細かいことは省いていいだろう。彼らを案内しろ」ベニントン卿は警告するように片手を上げた。「だが、これで最後だ。いったん明かりが暗くなったら、誰も中に入ることは許されない。わかったな？　誰も許されないし、これ以上の邪魔もならん」

「はい、旦那様」執事はお辞儀をして出ていった。そして間もなく戻ってくると、遅れた客の名を告げた。

「ミス・フォックス、シニョーラ・ギャロ」

かつての友が頭を傲然と上げて颯爽と部屋に入ってきた。お気に入りの紫のドレスに黒のレースの手袋、首のまわりに二連になって下がっている、きらめく長い黒のビーズのネックレスに似合う黒の眼帯という姿で。彼女の後ろに続いて跳ねるような足取りで入ってきた小柄なイタリア人の霊能者は、わたしが前に見たのと同じ真紅のドレスを着て、満面の笑みを浮かべながら、ありありと好奇心をたたえた目であたりを見回していた。

つぶやき声が聞こえていたが、気を悪くしていたとしても、ベニントン卿はうまく隠していた。ガブリエルはたちまちわたしに気づいてこちらへ進んできたが、ベニントン卿に捕まった。卿は彼女の手を取ってキスした。「なんとうれしい驚きか！　ミス・フォックス、招待状を差し上げなかったことをどうかお許しいただきたい。しかし、ご自分の計画で忙しくしておられるとわかっていたので、あなたが時間を割いてくださることを望んでも無駄だと思ったのですよ。それに、ミスター・チェイスは来客の数を制限することに細心の注意を払っておりましたので……」

「あなたには失望しましたよ。わかってくださるものと思っていました。わたしがいつでも、本当にいつでも例外を設けるし、ミス・フォックスのようにお美しいご婦人には参加していただきたいと思うことを」

フルートのような柔らかい声を聞いて驚いた。話す声を聞くまで、わたしはミスター・チェイスが滑るようにベニントン卿の背後から近づいてきたことに気づかなかった。こうしてそばへ来た今見ると、彼の顔はそれほど平凡でもない。彼はいたずらっぽくほほ笑み、くすんだ青い目を細めた。

ミスター・チェイスの注意はすでにシニョーラ・ギャロへ移っていた。新しい人と知り合うときのお決まりの丁重な常套句を言い終わりもしないうち、尋ねていたのだ。「そしてお友達ですが、ミス・フォックス？　彼女の特別な才能は何でしょうか？」

　ガブリエルは目を見開いた。「彼女に特別な才能があると、なぜおわかりなの？　ベニントン卿がお話しなさったのですか？」

　ミスター・チェイスは肩をすくめた。「こういうことを感じ取れないようなら、わたしはたいそう無能な霊能者でしょう」彼はシニョーラ・ギャロからガブリエルに視線を向けた。「彼女は霊能者だそうですね。どんな才能をお持ちなんですか？」

　ガブリエルは冷ややかな微笑で応えた。「ご自分の目で確かめたほうがよろしくてよ」

　ベニントン卿は落ち着かない様子で眉を寄せた。「さてさて、ガブ――ミス・フォックス。友人へのあなたの思い入れが強いことはわかっている。それに……この前に話したとき、わたしが少々あなたに無愛想だったことも。わたしは仕切り直して、どんな助けができるか考えるとしよう。だが、今夜ではない。今夜はC・Cの時間だ。あなたは彼の観客の一人としてここにいる。それが望ましくないなら――」

　ミスター・チェイスは招待主の腕に載せた手に軽く力を込めて、さりげなく話をさえぎった。「わたしが終わったら、こちらのご婦人の才能を少しばかり見せていただいてもかまいませんよ――みなさんが賛成なら」

「それはとてもご親切に。でも、その必要は――」

「わたしは自分に超自然的な能力があると主張する人とはいつも会いたいと思っているのですよ。

それにわたしの才能と彼女の実演を比べれば、招待客のためになるかもしれません」ミスター・チェイスの唇がかすかに嘲るようにゆがんだ。わたしは彼の表情になんとなく邪悪なものを感じたが、ミス・フォックスはミスター・チェイスに大げさに礼を言った。彼女の横にいたシニョーラも顔を輝かせていた。もっとも、シニョーラはほとんどミスター・チェイスに関心を示しておらず、まわりにいる身なりの良い人々を飾っている宝石のきらめきや懐中時計の金鎖や金のカフスボタンの輝きに気を取られていたのだが。

ベニントン卿はミスター・チェイスをこの場から離そうとした――当然ながら、今夜の予定を再開したくてじりじりしていたのだ――だがそのとき、ミスター・チェイスの視線がわたしに注がれた。わたしがあまりにもあからさまに彼を見ていたからだ。ばかな話だが、気づかれるとは思っていなかった。どんな反応を示されるかと想像もしていなかったのだ。

でも、はじめてわたしを一目見たとき、ミスター・チェイスは何か予想外の印象を受けたらしかった。異様なほどの関心を持ったようだった。わたしは誰からも、ことに見知らぬ男性からそんな目を向けられたことはなかった。ミスター・チェイスの目の色が濃さを増した。彼は鼻腔を膨らませて深く息を吸い、猟犬さながらにわたしのにおいを嗅ごうとしているようだった。わたしはあとずさりしたい衝動と戦わねばならなかった。

「ご紹介はまだのようですな」ミスター・チェイスはわたしに視線を据えたまま歩み寄ってきた。「リチャード、ほかにも霊能者を招いたとは話してくれませんでしたね」

「え？」ベニントン卿は困惑の体でわたしからシニョーラ・ギャロへと視線を向けた。「しかし、お聞きになっていたはずでは――どういう意味ですか？」

いつのまにかミスター・チェイスはわたしの片手を取ってキスしたようだった。といっても、口髭にさっとこすられるのを感じただけで、その下の唇の感触はなかった。ふたたび目が合ったとき、彼の目はわたしと同じ高さにあり、共謀者めいた奇妙な微笑を浮かべていた。「あなたの特別な才能は何ですか？」

わたしは落ち着かなかったが、この小柄な男性に心をかき乱されるなんてばかげていると自分に言い聞かせ、彼の厚かましさに眉をひそめながら答えた。「分別をわきまえていることです」

一瞬、ミスター・チェイスはふいを突かれたようだったが、彼の後ろにいるベニントン卿が声をたてて笑った。「これはこれは。あなたの霊能力も落ちましたかな。ミス・レーンは霊能者じゃありませんぞ。彼女は――なんと、探偵なのですよ！」

ミスター・チェイスはまだわたしを見つめていたが、前とはかなり違う表情で、こちらのほうが好ましかった。彼はとても当惑したようだった。それから唇をゆがめながら自分を取り戻し、後援者のほうに視線を向けた。「こちらがあなたの探偵なのですか？　あの若い男の方は？　さっきのお話では――」

ベニントン卿はミスター・チェイスの肩を叩いた。「彼らは二人組なのですよ！　ジェスパーソンとレーンです。さてさて、女性は男性ほど賢くもないし観察力も鋭くないなどとほのめかして、彼らを侮辱するつもりではありますまいな？　わたしが最初にミス・レーンと会ったのは、ＳＰＲで彼女が働いているときだった。当時、彼女はミス・フォックスの忠実な友だったのですよ。だが、そのあと――そう、ともかく、二人は別々の道を歩んだというわけで。しかし、ミスター・ジェスパーソンもミス・レーンも心霊現象に強い関心をお持ちだ。わたしと同じようにあなたの実演のあらゆる点に感銘を受けるでしょう。さて、これ以上、みなさんをお待たせしないほうがよろしいようですな？」

第十三章　交霊会

たいていの場合、霊能者は明かりが霊にとって好ましくないという考えに基づいて、暗い部屋で儀式を行なう。霊を呼び出すことと写真乾板の発達とを比較しながら、さまざまな議論がされてきた。けれども、ある種の現象が暗がりでしか起こらないのは本当でも、そのせいで長い間、科学的な研究はなかなか進まなかった。一方、暗がりのおかげで、あらゆる種類のトリックが気づかれずに行われてきたのだ。

ミスター・C・C・チェイスは、きわめて異例で興味深いことに、充分に照明がある部屋で奇跡を演じたいと希望していた。霊能者としての彼の力は明かりだの場所だの天候だの、あるいは観客が信じているかいないかといった外的要因に影響されないのだという。それでも、彼でさえ認めない一つの例外があった。ミスター・チェイスの説明によると、霊が姿を現すのは部屋が暗くなったあとだけだというのだ。それは彼の力が本物だと観衆が納得してからでないと起きないという。

ミスター・チェイスは、クラブや図書室で多くの紳士に気品を加えてきたような、しっかりして座り心地の良さげな、茶色の革張りの肘掛け椅子に落ち着いた。椅子の横には細長い脚の丸い小テーブルがあったが、上には何も載っていなかった。彼のすぐ後ろには、この優美な客間にはどう見ても時代遅れの家具があった。扉が二つ付いたありふれた大きな木製のキャビネットで、安っぽい衣装簞笥に似ていた。

わたしたちは好きなところに座るようにと勧められた。椅子や長椅子や背もたれのない長椅子やクッション入りのスツールのほとんどが、ミスター・チェイスを真ん中にしてその三方を囲むように並べてあった。ミスター・チェイスは――彼の声はベニントン卿の低いしゃがれ声と対照的に柔らかくて奇妙なほど高く響いた――気楽にして自由に動き回ってほしいとわたしたちに告げた。立っていてもいいし、席を途中で変えてもかまわないと彼は言った。

「ただし、それは明かりを暗くしてほしいとわたしがお願いするまでです。霊が姿を現す機会に恵まれましたら、みなさまにはその場から動かず、じっとしていていただきたい。いかなる霊が出現しても、近づこうとしては――言うまでもなく、触れようとすることは許されません――いけないのです。そんなことをすれば、流れを中断させるかもしれないし、危険な目に遭うこともあり得ます」

彼は言葉を切って咳払いし、人々を見回した。「始める前に、ご質問があれば？」

「はい」と言って立ち上がったのは栄養不良ではないかと思えるほど痩せた、利発そうな顔の若い男性で、さっきベニントン卿が話題にしていた記者だろうと思った。彼は何かを突き刺すようなすばやい動きで指差しながら続けた。「あなたの後ろにある、そのキャビネットですが――心霊キャビネットですか？」

「観察力が鋭いお方だ」ミスター・チェイスは言った。「そうです。心霊キャビネットですよ」

「今夜、それを使うつもりですか？」

「おっしゃる意味がよくわかりませんが」

ミスター・チェイスがなぜ、こんなふうにシラを切っているのだろうかとわたしは思った。「心霊キャビネット」がどのように使われるかは誰もが知っていた。大きな木箱だろうと、部屋のほかの部分からカーテンで隔てられた壁のくぼみにすぎないものだろうと、それは霊能者が用いる隠蔽のための場所だ。霊界とより近くで連絡を取れるようにするためのものということになっているが。ダベンポート兄弟と名乗る二人組が最初にそのキャビネットを紹介した。彼らは自分たちの手と足を縛らせたうえ、そのキャビネットに閉じ込めさせた。声や音楽が聞こえ、キャビネットの隙間から霊が現れる様子が見られるのだが、最後に扉を開けると、二人の霊能者はロープでしっかりと縛られたままである。それがどの〝精霊の〟現象にも、彼らが手を加えられたはずはないという証拠（少なくとも、だまされやすい人たちからは）と思われたのだ。その後、多くの霊能者が同様の慣習を取り入れてきた。キャビネットには精霊のエネルギーを集めて強める力があるのだと主張して。もし、ミスター・チェイスがその小型キャビネットに隠れるつもりなら、部屋の照明はあまり重要ではないだろう。

若い男性はいらだたしげにさらに質問した。「あなたはその中に閉じ込められるつもりですか?」

ミスター・チェイスはそんなことをほのめかすなんて悪趣味だという驚きの表情を示した。「いえ。わたしではありません。あれは霊のためのものです──彼らが集まるための場所、有害な放射線に遭わずにそばまで来るためのものです。有害な放射線とは、不信感とか間違った考えによって引き起こされるものですよ……彼らはあの中に入れば安全でしょう。しかも、彼らの親切な助けをわたしが得られるくらい、近くにいてもらえるわけです」

記者はなおも尋ねた。「キャビネットを調べさせてくれますか?」

「何のために?」

記者は肩すくめて言った。「好奇心という奴かな」

「好奇心は猫を殺すと言われますね」

返事を聞き、記者はにやりと笑った。「それは危険だということですか?」

ミスター・チェイスは眉を寄せた。「そうなることもあります。もしも霊が邪魔をされた場合は。いいですか、わたしは彼らがいると言っているのではありません……キャビネットは今、空っぽです。見るようなものは何もないし、あなたが調べるべき理由はありません。わたしが何を隠せるというのですか? 申し上げているように、見るものは何もないのです」

わたしの横で、ジェスパーソンがつぶやいた。「ずいぶん抵抗しているな」

若い記者は肩をすくめ、その動きで彼のほっそりした体に上着が大きすぎることが見て取れた。「もちろん、あなたが空っぽだと言うなら、何もないに違いありません。しかし、わたしは自分の目で見たいですね。ぜひとも。さもないと、こんな記事を書かなければならなくなります。『著名な霊能者は彼の椅子のすぐ後ろにあった大きな木製のキャビネットを開けることを拒んだ……』」

それを聞くと、ミスター・チェイスは立ち上がるや椅子の後ろに回り込み、キャビネットの取っ手をつかんだ。閉まっていたらしい留め金が軽く揺れ、扉はさっと開いた。

ジェスパーソンは強く興味を引かれたらしく、記者のあとについてキャビネットの内部を調べにいったが、わたしたちが座っているところからでもその中が空っぽなのははっきりわかった。

「ご満足いただけましたか」ミスター・チェイスは不機嫌な口調で言った。記者もジェスパーソンも見ただけでは満足せず、キャビネットの中に手を入れて木製の表面を軽く叩いていたのだ。「さて、おさしつかえなければ、実演を続けたいのですが」

記者は一言もなく離れていき、霊能者はまたキャビネットを閉めた。

ジェスパーソンは待っていた。「こんなに辛抱強くつき合ってくださったことにお礼を申し上げます」彼は礼儀正しく言った。「おわかりと思いますが、いったん疑問を持たれたら、それに応えるのがいつも一番です……あなたにはどんなにばかばかしく思えたとしても」

ミスター・チェイスの怒りは鎮まったように見えなかった。「いったい何が見つかると思ったんですかね、探偵さん？」

ジェスパーソンは微笑した。「何もありませんよ」静かに言った。「思ったとおりでした」軽く頭を下げると、彼は向きを変えて、わたしの隣の席に戻ってきた。

「さて、ほかにご質問は？　もう始めてもよろしいでしょうか？」ミスター・チェイスは眉を上げ、挑むように観客を見回した。

誰一人として口を開かずにじっとしていたので、彼は寛いだ様子になってほほ笑んだ。「ベニントン卿」そう言った。「何か楽器を持ってきていただけませんか？」

「わかった」計画していた実演が元の軌道に乗ったことに安堵のため息をつき、卿は部屋の突き当たりにある飲み物用キャビネットへ行った。戸棚を開け、ぴかぴかした真鍮のトランペットと銀のハーモニカを取り出した。ベニントン卿は楽器を持って戻ってくると、ミスター・チェイスの横の丸テーブルに置いた。

「さて、この二つを調べたいのでしたら」霊能者は言った。「みなさまに見えるように高く上げてください。そして見えるとおりのものにほかならないことを確かめていただきたい。針金や秘密の何かが取り付けられていないことを」

ベニントン卿は手の中のトランペットを回して見ると、もっと小さな楽器のほうも同様に調べ、ふたたびテーブルに置いた。「トランペットが一つと、ハーモニカが一つ。これをわたしに吹いてもらいたいという方はいらっしゃるかな？」

誰かが忍び笑いを漏らした。

「いいえ、閣下。わたしは霊たちがこれを吹くと思いますよ。しかし、まずは――」ミスター・チェイスは振り返ってまっすぐにわたしを見た。「おそらく探偵さんはこれを調べたいのでは？」

彼がわたしを指しているに違いないと感じたが、動かないでいるうちにジェスパーソンが立ち上がった。霊能者は異議を唱えずにただこう言った。「タンバリンが見えますか？」

「もちろんです。壁に掛かっています。彩色された扇の隣に」

ジェスパーソンが立ってくれてよかったと思った。タンバリンなどに気づいていなかったから、指摘される羽目になって自分がばかみたいに感じたに違いない。

「どうかタンバリンと扇を、わたしのところへ持ってきてください」

ジェスパーソンはスペインの土産らしいその二つをテーブルに持っていくと、じっくりと調べ、見かけどおりのものだと宣言した。

「よろしければ、トランペットも調べてください」ミスター・チェイスは曖昧な表情でそこにぐずぐずしていたベニントン卿をちらっと見やった。「何も仕事を与えなかったら、探偵を招いた意味がないでしょう、閣下。さて、ご満足ですか？」

「どれも当たり前の品に見えますよ」

「もちろん、普通の品物です。あなたが調べるべきなのはわたし自身でしょう」ミスター・チェイスは立ち上がり、受難でも待ち受けるかのように両腕を差し出した。ジェスパーソンは彼の両腕を軽く叩き始め、何か隠していないかと両袖を探った。わたしは眺めながら舞台の奇術師を思い出していた。何かから注意をそらさせるため、別のものに特に注意を向けさせるのだ。でも、彼が何を隠すというのだろう？　それに、どこに？　ミスター・チェイスの意図がわからない限り、探すべきものを推測するのは難しい。とにかく、何も見つからなかった。最後に、ミスター・チェイスはテーブルを自分の椅子から六インチから八インチくらい離してほしいと頼んだ――手が届かないことをはっきりとわからせるためだろう。そして「ご自分の席へ行って寛いでください」と言いながら、ジェスパーソンとベニントン卿を追い払うと、彼はまた椅子に座って目を閉じた。

部屋の雰囲気が変わった。嵐が近づいてくるときの感じだと、わたしは思った。

トランペットが鳴り始めた。

観客があえいだりつぶやいたりしている中で、きらめく楽器はゆっくりとテーブルを離れて宙に浮いた。そこでためらうかのように止まり、軽く揺らいだあと、トランペットはテーブルから三フィートほどの高さで止まった。吹く準備ができた、目に見えない人間の手の中にあるかのように動き、短い音が鳴り響いた。

ミスター・チェイスは見るからに寛いだ様子で椅子の背にもたれていた。体から力は抜け、両腕は動いておらず、両足を床につけて目を閉じ、顔にはかすかな笑みを浮かべている。

トランペットは鳴り続け、無意味な旋律を奏でた。子どもが吹くトランペットを聞かされているようだ。どんなに甘い親でも、すぐに楽器を奪い取ってしまうだろう。

ジェスパーソンが立ち上がり、ガス灯の中できらめきながら耳障りな音で激しく鳴っている真鍮の楽器に近づいた。彼が慎重に手を伸ばして指先で触れたとたん、トランペットは静かになって下に落ちた。彼はそれがテーブルにぶつかる前に楽々とつかんだ。

ほっとした気持ちと失望が混じったような小さなざわめきが、そよ風のように部屋を横切っていった。ミスター・チェイスは目を開け、ジェスパーソンの手にトランペットがあるのを見ると冷ややかに言った。「トランペットの独奏をしようと思われたのですかな？」

「まさか。だからこそ演奏を止めようと思ったんですよ」

霊能者は顔をしかめながら座り直した。「邪魔をしてはいけなかったのです。それは危険だと言いませんでしたか？　霊に近づいてはいけない！」

「霊など見なかったが」

「だが、彼らの音は聞いたはずです」

ジェスパーソンは首を横に振り、注意深くトランペットをテーブルに置いた。「ぼくが聞いたのは神経に障る不快な騒音だ。あれをどうにかするべきだと思った。そうしたければ、好きなように立ったり動き回ったりしてもいいとあなたは言ったはずだが」

二人の男性はにらみ合っていた。緊張をはらんだ雰囲気で微動だにせず。違う状況なら、喧嘩が起こりかけていると思われかねないだろう。けれども、ベニントン卿の客間という優美な場所で、観客は身なりの良い紳士淑女なのだから、互いに感じたほぼ本能的な敵意を礼儀作法が上回り、二人の体から次第に力が抜けていった。

ミスター・チェイスは柔らかだが、よく通る声で言った。「言いましたよ。それに、ほかにも神経に障るものがあったら、ご自由に帰ってかまいません。また霊的な雰囲気を邪魔するよりはね」

ジェスパーソンは霊能者から向きを変え、部屋にいる客たちに頭を下げた。「申し訳ありません。みなさまの楽しみを台なしにするつもりはありませんでした。二度とこんなことをしないとお約束します」

ジェスパーソンはわたしの隣に戻ってきて座った。彼の動きから、少しも気落ちなどしていないし、申し訳ないとも思っていないことがうかがえた――いずれにせよ、ほかの客のほとんどが、あのいまいましいトランペットの音を止めてくれたことで、わたしと同様に彼に感謝しているに違いなかった。

ミスター・チェイスは観客を待たせていた。ジェスパーソンがやったことは軽い罪ではなく、霊の許しを得なければならないという印象を与えるためだろう。わたしたちは行儀良くしていた。ジェスパーソンと記者さえも、次の奇跡を子羊のようにおとなしく待っていたのだ。

やがて、予想どおり今度はタンバリンが鳴り始めた。空中で急降下したり、音をたてて揺れたり、傾いたり回ったりしたあと、しっかりと張ってある表面を目に見えない指が叩いたり軽く打ったり、とんとん叩いたりして音を出させているかのように鳴ったのだ。タンバリンのあとはハーモニカの番だった――少なくともこの楽器はトランペットの無作為な弱々しい音と違って、なんとなく旋律らしきものを奏でた。トランペットが加わると、楽器三つによる、あり得ないような不協和音の霊の楽団ができあがった。どの楽器も宙に浮き、目に見えない手によって演奏されている。その下にあるテーブルもぎこちないダンスを始めた。

それなりに驚異的な現象だが、結局のところ無意味なものだった。わたしがこれまで出たことのあるいくつかの交霊会と唯一違うのは明るい部屋で行なわれた点だという、ばかばかしくて不毛な見世物だったのだ。ミスター・チェイスがどうやってこの現象を起こしたかは、わたしには推測できなかった。

霊能者のあいだで楽器が人気なのは、いかさまが目的ではないかとわたしは考えている（皮肉屋だと呼ばれるかもしれないが）。足の指で楽器を弾いたり、ある種の装置——自動演奏機能付きのピアノや、ぜんまい仕掛けのものなど——を用いて演奏したりした霊能者たちには会ったことがある。全身を黒い服で包んだ共謀者が、蛍光塗料を塗ったバイオリンやフルートを持って部屋を跳ね回っていたこともあった。ほかにも書ききれないほど多くのトリックが使われていた。けれども、これまでわたしが見たことがある手口では今、部屋にいる全員の目にはっきり見えているものを説明できなかった。ありふれた明るい部屋の空中にさまざまな物が動き、ぐるぐる回っているのだ。そういう物を支えたり動かしたりする、仕掛けを見せることなく。

テーブルは不器用なダンスを空中で踊ったあとで床に戻った。続いて各楽器も静かになり、テーブルに帰って動かないただの物体となった。すると、今度は扇が不格好な蝶のように部屋をぱたぱたと舞い始めた。何人かの客をあおぐために——あえぎ声や悲鳴、笑い声が巻き起こった——止まりながら。そしてジェスパーソンが扇を取ってきた壁に飛んでいって、元のようにぶら下がった。

部屋じゅうに拍手がどっと湧いて広がっていった――使用人たちでさえ立場を忘れて手を打っていた。

わたしは脱帽した――感心せずにいられるだろうか？　すばらしかったし、何のトリックもなかったように思えた。自分が見たものはわかっている。たいした内容ではないが、並外れていた。霊の存在を証明するとまで言うつもりはないが、あのようにありふれた頑丈な物体の動きを、物質という観点から説明できないことは確かだった――テーブルや扇の動き、ひとりでに演奏される楽器については。ミスター・チェイスに力があることは疑いようがなかった。

これではないだろうか、とわたしは思った。まさにこれこそ心霊現象研究協会が探していた証拠では。わたし自身が目撃した証拠。ほかにも二十人以上の証人がいて、疑念が残るような複雑な要素は完全にない。ミスター・チェイスは本物の霊能者であり、ただの詐欺師ではなかった。

喝采がやむと、ミスター・チェイスは目を開けて立ち上がり、お辞儀した。「ありがとうございます」彼は柔らかい声で言った。「あのようなささやかな実演でみなさまにお喜びいただきうれしく思います。あまり音楽的でなかったことはお詫びします！　悲しいかな、わたし自身がただの楽器にすぎません。ときどき霊たちが、わたしという楽器を演奏してくれるのです。

「今夜の霊たちはわたしに好意を示してくれました。そう言ってよろしければ、彼らはわたしたちに好意を持ってくれたのでしょう――というのも、わたしだけでは非常に小さな、単なるちっぽけな一人の人間にすぎないからです。集団になれば……みんなが集まれば……とてもたくさんの人間がいれば、とても多くの生のエネルギーがあります……わたしたちはより大きくて力強い声で霊たちを呼び、彼らはそれにもっと関心を向けてくれるのです。

「というわけで、みなさま全員に感謝いたします――そして今夜、ここにわたしたちといてくれる霊たちに感謝を申し上げます！」

ミスター・チェイスの声は大きく力強くなっていた。今度は両腕を高く上げた。「彼らはこの部屋にいます。なんと多くの霊がいることか！　みなさまが愛した、亡くなった方々の霊です。彼らを感じますか？」

彼が視線を部屋に走らせたとき、わたしは魂を救済しようとしている牧師みたいだと思った。そして牧師のもとに集まった信徒の集団さながらに、来客のほとんどがうなずいたのだ――恥ずかしそうにうなずいた者もあれば、力強くうなずいた者もいたし、目に涙をたたえて首を縦に振った者もいた。

「そうです」ミスター・チェイスは静かに言った。彼が特に誰かに（誰かはわからなかったが）視線を据えて言ったように思えた。「もちろん、みなさまは感じておりますね！　わたしたちは彼らがここにいると信じています――わたしたちの中に、わたしたちのまわりに彼らがいるとわかっているのです。愛する死者たちが。失ったことをわたしたちがひどく悲しみ、今でも嘆き続けている友人や身内の魂が。しかし、嘆いてはいけません。彼らはわたしたちを見捨ててはいないのです。わたしたちが彼らを愛しているように、彼らのわたしたちへの愛がこの部屋を満たしています。それこそ、わたしたちが感じているものです。命ある、弱い人間としての存在ではなく、最高の不滅の魂を――そう、彼らの愛を。

「わたしたちは悲しむのではなく、幸せになったらいいのではありませんか？　わたしたちを愛してくれた者を本当に失うことはないと、思い出してもいいのでは？」

ミスター・チェイスは言葉を切った。ピンが一本落ちても聞こえただろう。彼の修辞疑問に答えようとする者はいなかった。しばらく沈黙が続くままにしたあと、彼はうなずいた。わたしたちには声が聞こえず、目にも見えない霊から返事をもらったかのように。

「もちろんです」ミスター・チェイスはうなずきながら、ささやくように言った。普通の声の高さで続ける。「もちろん、それはわたしたちが人間で、死を免れない運命だからです。わたしたちもまた霊なのだということを理解している人はほとんどいません――誰もが霊なのです！　この死すべき運命にあって、わたしたちのほとんどは愛する者の思い出以上のものを求めています。霊的な知識を得る以上のものを切望しているのです。人は誰かを愛すると、相手にそばにいてほしい、存在を感じたいと願います。愛する者の手の感触やキスをわたしたちはどれほど求めるでしょうか。抱擁さえ……」

「落ち着けよ」ジェスパーソンがつぶやくのを聞き、わたしは笑うまいとして唇を噛まなければならなかった。

ミスター・チェイスの無表情な顔がわずかに曇り、声が聞こえたのかとわたしは思った。「とはいえ、わたしたちは物質的な生き物で、物として現れる存在しか、たいていの人を納得させられないでしょう」

彼は祈る仕草のように両手を合わせた。「お許しをいただければ、みなさまが切望していらっしゃるものをご覧にいれたいのですが——亡くなったとはいえ、愛する人たちが失われたわけではなく、今でもあなたがたを愛しているという証拠を。わたし自身のか弱く物質的で不完全な肉体を媒介として、みなさまが何よりも求めているものをご覧にいれられないか、やってみましょう。二つの世界をつなぐための霊能者としての役割をわたしに許してくださるように、精霊にお願いしたいと思います」

ミスター・チェイスは両手を下ろした。「霊界は自然の暗黒面と呼ばれています。暗闇が必要です。どうか部屋を暗くしてください」

すぐさま反応があったから、使用人たちにこの指示が事前に与えられていたことは明らかだった。「扉に一番近い明かりだけ消さずにおいてください」ミスター・チェイスは言った。「ここから出ていかなくてはならなくなった人のために役立つでしょう。それから、炉棚の上の蠟燭に火をつけてください。蠟燭、とりわけ鏡の近くのものは霊の注意を引きつけるのです」

ガス灯の光が絞られたので、細長い部屋は濃い闇に包まれていった。さっきとは違う場所のようで、昔ながらの交霊会の状況に似ていた。細かなものはぼんやりとしか見えず、人々や家具は暗闇の中のさまざまな黒い形をしたものにすぎなくなっていた。

肘掛け椅子に収まったミスター・チェイスは暗い背景に消えたように見えた。

すると、彼の椅子がゆっくりと地面から浮き上がった。畏敬の念と驚きがこもった声があがる。暗闇の中では距離を測りづらかったが、絨毯を敷いてある床から少なくとも四フィートの高さまで上がると、椅子は止まった。

「席から動かずに静かにしていてください」霊能者の穏やかで高い声の指示は不要だっただろう。誰もが驚愕のあまり身動きもできなかっただろうから。

「案じる必要はありません。わたしは安全です。霊たちに支えられているのです。そしてこの部屋の全員が平静な気持ちでじっとしている限り、こうしていられるでしょう。何が起こっても忘れてはいけません。わたしたちがみな愛する者に囲まれていて、霊が一緒にいてくれることを」

ミスター・チェイスの顔は不気味な緑がかった光を帯び始めた。

さらにあえぐ声が聞こえ、小さな泣き声さえあがったが、彼は落ち着いた単調な声で繰り返した。心配する必要はないし、自分は安全だ。みなさまには冷静で静かにしていただかなくては、と。彼の言葉は鎮静剤のような効き目があった。わたしですら奇妙なほど穏やかな気持ちになった――もっとも、そのときは妙だと思わなかったのだけれど。わたしは頭が冴えて観察力が鋭くなったように感じ、超然とした気分にもなった。この交霊会から自分が切り離されたかのように感じていた。

「霊たちはわたしに告げています。みなさまにはお尋ねになりたいことがあると。霊たちはわたしを利用して、喜んで答えるつもりです。みなさまは声に出して話す必要も、自分が誰かを明かす必要もありません。霊たちはすべてを知っています。訊きたいことがあれば、それを心の中で思い浮かべるだけでいいのです。まるで自分しかここにいないかのように、どんなことも自由に尋ねてかまいません。わたしは単なる伝達者にすぎないのです。どなたが質問したか、なぜなのかはわたしにわかりません。わたしは霊たちの言葉を繰り返すだけでしょう。みなさまは彼らの言葉の意味を理解できるかもしれないし、できないかもしれません。だが、それらは真実の答えです。ですから、彼らの言葉を心の中にとどめておいてください。いつか、それが理解できるかもしれないのです。さあ、始めましょう」

今や暗い部屋にはさっきよりも重い沈黙が垂れ込めていた。ミスター・C・C・チェイスの平凡な顔だとどうにか判別できる、不気味に輝く月のような丸いものに全員の視線が注がれている。

次に話し出したとき、顔と同様に彼の声は変化していた。声は前よりも大きく、いっそう低くなっている。そして話し方はさっきよりも途切れがちで、どこかためらうようなぎこちないものだった。理解もしていない学課を暗唱する学生のように。

「最初の質問。答え。最近、あなたととても親しくなった人がいます。この人物を信用してはいけません。気をつけて。用心して、慎重に。昔からの友人が一番だということを忘れずに。知り合ってから一年も経たない人間にあなたの秘密を教えてはだめです。宝物を預けるのもいけません」

ミスター・チェイスはそれからまたたっぷり一分間は沈黙した。輝き出ている光が細い束となり、髪の毛のように彼の顔を取り巻いていた。

「二番目の質問。答え。あなたはなくしたものを見つけるでしょう。それは家の中にありますが、思いがけない場所です。あきらめないで。探し続けなさい。探し求めれば、見つかります」

霊能者はそれから六つの質問に対して同様に陳腐な答えをまくしたて、漠然とした助言を与えた。こういった答えの中に、自分が心の中で発した質問の返事を聞き取った人がいたのかどうか、わたしにはわからなかった。時おりあがる息をのむ声や、抑えたすすり泣き以外、人々は彼に命じられたとおりにじっと静かに座っていた。それぞれの「答え」の合間に待っている沈黙を含めて、すべての質問が済むまで十五分はかかっただろう。わたしにはもっと長い時間に感じられた。浮かび上がって光を放っている霊能者への物珍しさがいったん失せてしまうと、わたしは感心もしなかった。ミスター・チェイスが椅子を浮かせている方法は想像がつかなかったし、椅子の中に隠していたに違いない蛍光塗料のすばやく効果的な使い方を称賛せずにはいられなかったが、彼の「霊媒能力」は現代の交霊会でのありふれた霊能者たちのものよりも独創的なわけでも、創意に富んだものでもないとわかったのだ。彼が答えているようなことは、誰でもその場で考えつくだろう――前もって話す機会があった人々が観客ならなおさらだ。

わたしは前に身を乗り出し、暗闇に目を凝らした。変化が起こっているように見えるのは目の錯覚かと思いながら。霊能者の顔から発している光が弱まり、頭から何インチか右側に移動して別の形を作っているように見えたのだ。そう、思ったとおりだ――球形の緑がかった白い光が現れ始めていた。

それは何かの頭のようだった……一瞬、わたしの見間違えで、ミスター・チェイスが動いただけかと思った。だが、そうではない。輝きが薄れ始めてはいるものの、頭も含めて彼の姿は相変わらず椅子のところに見えたのだ。そして今、別の輝く物体は女性の顔であることがはっきりしてきた――目を見開いた人間だとわかる。疑いようもなく本物らしく、生きているように見えた。どことなく見覚えがある顔。とはいえ、なぜそう思うのか、わたしにはわからなかった。

その女性はまばたきし、左右を見回した。何かを探しているかのように――あるいは誰かを。愛と悲しみが入り混じったような感情をまざまざと顔に浮かべている。すると彼女の唇が動き、話している声が聞こえた。C・C・チェイスの声とは似ても似つかない声が。音楽的でまぎれもなく女性の声だった。ぞっとさせられるほど低くて温かさがこもった声で言う。「あなた……どこにいらっしゃるの？　ああ、あなた……どうしてわたくしを呼び戻すの？」

わたしは全身がぞくぞくした。彼女の声に込められた切ない感情の響きを聞き、誰もが心を動かされたに違いないが、ベニントン卿ほど強く影響を受けた者はいなかったはずだ。彼はくぐもった叫び声をあげた。「ローナ！」

そのとたん、胴体のない顔に見覚えがあった理由をわたしは悟った。レディ・ローナはベニントン卿の亡き夫人だったのだ。存命中の彼女と会ったことはなかったが、写真で見たことはあった。

「最愛のあなた、どうか嘆かないで」彼女は言った。「いま、わたくしはより良い場所にいるのです。いつかまた一緒になれるでしょう――あなたとわたくし、そして子どもたちは。そのときまで、懐かしくわたくしを思っていらして。でも、嘆いてはいけません。あなたの人生を生き、子どもたちをかわいがり、善行を施してください。そしてわたくしを行かせてください」

「ローナ――ローナ――おまえが恋しくてたまらないのだ！」ベニントン卿の声はかすれてしわがれていた。彼は立ち上がり、暗闇に大柄な体がぬっと現れた。

「わかっていますわ、あなた」優しい声が答えた。「でも、わたくしはあなたが思っていらっしゃるよりも近くにいます。そのことを覚えていて――忘れないで――けれども、わたくしを行かせてください」

ベニントン卿はふらつき、次の瞬間、彼が前進していることがわかった。幽霊の浮かんでいる顔を追いながら、客でいっぱいの暗い部屋の中で座っている人々の間をぎこちなく進んでいる。「待て――待ってくれ――頼む、わたしに触れさせてくれ。知らねばならない……もし、触れることができれば……ああ、行くな。キスを一度だけさせてくれないか？」

女性の顔はすばやく上下したかと思うと、宙を滑るように動き、ベニントン卿のほうへ飛んでいった。このまま進むと二人はぶつかってしまう――出会うはずだ――女性の顔がベニントン卿の顔に当たり、彼は立ち止まった。二人が接触したとたん、胴体のない顔は消えた。球形の銀色の煙となってしまったのだ。そして、明るい色の煙がかけらのように降り注いだ。

部屋は騒然となった。悲鳴をあげる者もいれば、泣いている者もいた。詩篇第二十三篇を暗唱する者も。かすかな明かりが残る中でベニントン卿が片手を口に当てるところが見えた。幽霊の唇が自分の唇に触れた感触を心に刻み込もうとしているように。

第十四章　活発なやり取り

「明かりを。もっと明るくしてくれ」

しわがれ声で発せられた言葉はミスター・チェイスのものだった。さまざまな騒音の中でその声は使用人たちに届いた。部屋にふたたび明かりがついたとき、ベニントン卿は両手で頭を抱えて長椅子に沈み込んでいた。そばにレディ・フローレンスが立ち、彼の背中を軽く叩いて、愛情を込めた言葉を小声でかけている。

霊能者はまだ椅子——今では床に下りていた——から動いていなかった。目を閉じて頭をそらした顔は非常に青ざめていた。

明かりがつくとともに、衝撃は薄れていった。この華やかなロンドンの集まりでは、むせび泣きや金切り声や祈りのどれもが場違いだった。きまり悪いといった感じの間があったあと、低い声のつぶやきは畏怖や恐れの大きな声に高まっていき、激しい興奮へと変わっていった。レディ・ローナの亡霊とは！　存命中の彼女を知っていた者は数名だけだったが、誰もが彼女を見たのだ……疑問の余地はないし、間違いだったはずもなかった……降霊術師は正しかったのだ。死は終わりではない。この世とあの世とのやり取りはできる……ベニントン卿の奥方は我々にそれを告げるために戻ってきたのだ。

やがて憔悴した蒼白な顔ながらも、招待主は気を取り直して立ち上がり、ミスター・チェイスにあらたまって礼を述べた。彼は目を開けたが、それ以外は何も動かさなかった。

「ご覧のとおり、当然ながらミスター・チェイスは疲労しておられます。わたしたちのためにすばらしい力を尽くしてくださったからです」ベニントン卿は言い、またしても胸がいっぱいになったようだった。「すばらしかった……だが、まだ言葉にはしないでおきましょう」彼は咳払いした。「それでは――ミスター・チェイスが大変な仕事の疲れから回復されるのを待ってから、ダイニングルームへ移り、軽い食事をとりましょう」

そのとたん、霊能者は立ち上がった。体力を消耗したという印象が間違いだったかと思われるほどに。彼は明らかに活力に満ちていた。目は輝き、頬は健康的に赤らんでいる。エネルギーがあり余っているかのように軽く跳ねて見せさえした。広々とした土地を馬に乗って全速力で駆けてきたばかりみたい、とわたしは思った。乗っていた馬は汗だくになったかもしれない運動だが、彼にとってはダンスのゆうべへの欲求を駆り立てるだけにすぎなかったのだろう。

「それはお気の早い、閣下」彼は大声をあげた。「見世物はまだ終わっていません」

誰もがミスター・チェイスをまじまじと見た。

彼は声をあげて笑った。「ああ、霊たちがもうわたしから離れたのは事実です。しかし、ここで才能に恵まれている人間はわたしだけではありません。わたしはシニョーラに機会をあげると約束しましたね？　忘れてはいませんよ。食事をもう少し待つことを嫌がる人はいないでしょう」

シニョーラ・ギャロはうたた寝どころか、椅子の上で体が軽く横に傾くほど眠り込んでいた。彼女の隣でガブリエルが人に気づかれないように腕をつねり、にっこりとミスター・チェイスにほほ笑みかけた。

「なんてご親切に。シニョーラ・ギャロは少し居眠りしているだけです……ほら、暗かったものですから……わたくし自身、眠りかけたほどでした」

ミスター・チェイスの目が光った。「退屈なさったのでなければよろしいが？」

「いえ、いえ、そんなことはありませんわ」ガブリエルは悪意のこもった微笑を浮かべて答えた。「ほとんどは興味深かったですわね。間違いなく。シニョーラ・ギャロはあなたの想像力に驚愕してしまったのです」

ガブリエルのあてこすりに対して彼は答えた。「おそらくそちらの小柄なご婦人の具合が優れないのは、霊《スピリッツ》ではなく酒《スピリッツ》のせいではありますまいか？」

ガブリエルは殺意のこもった視線を彼に向けた。「そのお言葉は中傷と受け取られかねないでしょうね。彼女はもう目を覚ましています。そうよね？　そう——ほんの少し、眠かったのよね。わかるわ。

長い一日だったけれど、ここにいるすばらしい方々に――ミスター・チェイスにも――見せてあげられるわよ。あなたがどれほど良い霊《スピリッツ》に祝福されているかを」

「さあ、交替しましょう」ミスター・チェイスが促した。

ガブリエルは立ち上がると、小柄な霊能者を引っ張り上げて自分の横に立たせた。ちょっと間を置いて、シニョーラ・ギャロが一人で立っていられるか確かめたあと、ガブリエルはミスター・チェイスが空けたばかりの椅子に彼女を連れていき、部屋じゅうに話しかけた。

「少し紹介させていただきたいと思います。フィオレルラ・ギャロはイタリアからやってきました。彼女はここへ来てから英語を学んでいますが、まだほんの数カ月にすぎません。彼女はとても聡明ですが、英語を理解していてもまだ流暢には話せないのです。そこでわたくしが彼女の通訳を務めます。シニョーラ・ギャロには非常に並外れた才能があります。彼女は精神感応能力者なのです。つまり、ある人間が所有しているほぼすべての貴重で高価な品物から、その人の経歴や感情、関心があるものなどを読み取る能力を持っています。さらに、そのような品物を磁石のように自分に引きつけられるのです。とりわけ貴金属でできた品物を引き寄せます」

ガブリエルはフィオレルラが奇妙な意識朦朧とした状態から回復するための時間稼ぎをしていた。しょぼしょぼした目や、いつもは生き生きしたフィオレルラの顔がぼんやりしているのを見て取り、わたしはミスター・チェイスの当てこすりが正しかったのではないかと思った。けれども、フィオレルラの管理を怠るはずがないガブリエルが、酒を飲むことなど許すわけがない。

とうとうガブリエルはこれ以上、紹介の言葉を引き延ばせなくなった。シニョーラ・ギャロが実演する時間だった——できるとすればだが。苦痛を感じるほどゆっくりと何秒間かが過ぎたが、小柄な女性は相変わらず椅子に座ったままだった。部屋の全員からじっと見つめられても、シニョーラ・ギャロは少し身じろぎして唇を舌で湿しただけだ。彼女は当惑しているようだった。それから目を閉じて顔をしかめた。複雑な公式でも思い出そうとしているかのように。

ガラスを軽く叩いたような、鈴を思わせる音が部屋の向こうからかすかに聞こえた。すると、小さな物が頭上を通り過ぎた。ネックレスのような、ランプの明かりで光っている銀色の物体がシニョーラ・ギャロに向かって真っすぐ飛んでいき、胸に落下した。

シニョーラははっと驚いて目を開け、その物を手探りしてつかむと、戸惑った表情で凝視した。わたしにも見えた。それはデカンターの首に下がっていた銀色のラベルの一つだった。シニョーラ・ギャロがその鎖を持ち上げると、誰からも読み取れた。大きな銀色の文字で書かれた「シェリー」という言葉が。すでに飲み物用キャビネットの最上段から聞こえる、ガラスのチリンチリンという音は、別の物が落ちてくることを警告していた。そして「ウイスキー」と書かれたラベルが彼女の膝に落下した。続いて「ポートワイン」のラベルが肩に当たったあとで床に滑り落ちていき、とどめは「マデイラ酒」と書かれたラベルで、彼女の頭に落ちると、ほろ酔いの王冠さながらに傾いた状態で髪を飾った。そのころには部屋じゅうが大騒ぎになっていた。誰もが哀れな混乱したフィオレルラを笑っていたのだ。

まあ、全員というわけでもなかった。わたしは笑わなかったし、ジェスパーソンもそうだった。ミスター・チェイスも笑っていなかったが、熱心に見つめる彼の唇は微笑をたたえてゆがんでいた。ガブリエルは硬直したように身動きもせずに無言で立っていたが、四つのデカンターのラベルすべてが外れてしまうまでのことだった。そのとき、ガブリエルは反抗的に頭をそらすと、観客が静かになるまでにらみつけたのだ。そして彼女は深く息を吸った。「ずいぶんおもしろくない冗談ですわね。こういった物がどんなことをわたくしたちに伝えるというのでしょうか?」ガブリエルは霊能者のほうを向くと、凍りついた。観客がすでに気づいていたものを目にしたのだ。

頭を後ろに傾けて口をぽかんと開け、いびきをかきながらぐっすり眠っているシニョーラ・ギャロは、さまざまな酒のラベルで派手に飾られていた。彼女は飲酒の害を警告する、道徳の見本として通ったかもしれない。

観客からは落ち着かないくすくす笑いが起こってはいたが、ほぼ全員がおもしろがるというよりは、当惑していたに違いなかった。レディ・フローレンスが持ち前の洗練された態度でこの場を救った。食事のことをみんなに思い出させ、ダイニングルームへと人々を移動させ始めたのだ。まだうろついている客も、優美な牧羊犬さながらに集めながら。レディ・フローレンスが意味ありげな視線をこちらへ向けたので、わたしはジェスパーソンとガブリエル、そして眠っているフィオレルラとともに残った。

ときおり聞こえるいびき以外、沈黙のうちに一、二分が過ぎた。ガブリエルの表情はどんな質問も意見も受けつけないと告げていた。レディ・フローレンスが戻ってきて、ガブリエルとシニョーラ・ギャロを無事に家へ送ってくれないかとジェスパーソンに頼んだときはほっとした。

「喜んでお送りしますよ」

「わたくしの馬車を使ってくださいな。そのあと、また戻っていらして食事を召し上がってくださいね」

「ご親切に。しかし、ぼくには仕事がありますので」

「あら、もちろん、そうですわね！　探偵というものは銀行員のように決まった時間で働くわけにはいかないのでしょう」ジェスパーソンにほほ笑みかけたまま、レディ・フローレンスはわたしの手をつかんだ。「でも、ミス・レーンには少し時間をくださるといいのですけれど」

「なんとかそうしましょう」ジェスパーソンは重々しく言った。

アーサー・クリーヴィーの見張りをする彼に手助けなどいらないと知っていたので、わたしは喜んで残りますとレディ・フローレンスに言った。彼女はさらに親しげな笑顔を見せ、温かく手を握ってくれた。

こんなに早く帰らなければならないのは残念ですわねという、型どおりのレディ・フローレンスの表情に対して、ガブリエルは横柄な態度で相手を見つめ、そっけなく言った。「シニョーラ・ギャロはお酒に酔ったのではありませんわ」

「ミス・フォックス！　そんなこと、わたくしは少しも思っては――」

「それに彼女は詐欺師でもないし、腹黒い人でもありません――ミスター・チェイスとは違います。あなたは彼をすばらしいと思っていらっしゃるけれど、わたしは彼の正体を見抜いているのです」

「もちろんよ、もちろんそうよね」レディ・フローレンスは苦しそうな微笑を浮かべてつぶやくように言った。聞き分けのない子どもを追い払うときみたいに。「近いうちにまたお話ししなくてはね、ミス・フォックス。お友達は明日の朝になったらもっと気分が良くなるでしょう」

ジェスパーソンは眠っているフィオレルラを軽々と抱き上げて部屋から連れ出した。玄関ホールでは執事が待っていて、戸口にはすでに馬車が用意してあった。

フィオレルラの外套を毛布のように掛けてやってから、ガブリエルは陰鬱なまなざしをわたしに向けた。非難するように口元をこわばらせている。「どうぞ食事を楽しんでね」

わたしは心の痛みを感じた。ここに残ることを自分への裏切りだと彼女が受け止めているのはわかっていた。「ごめんなさい……おやすみなさい、ガブリエル」わたしはすばやく身をかがめて彼女を抱き締めた。こんなことはわたしたちの通常の習慣ではなかったから、彼女は驚いていた。頬にキスしながらささやいた。「明日、お話ししましょう」

別れたとき、ガブリエルはさっきよりも明るい顔だった。「おやすみなさい。あなたのミスター・ジェスパーソンを貸してくださってありがとう。とても役に立つ紳士だわ！　馬車をありがとうございます、レディ・フローレンス。ミス・レーンが帰れるように馬車をお返しします」

「あまり急がなくていいのよ」レディ・フローレンスがさようならと、笑顔で手を振りながら言った。

それからわたしをダイニングルームへと連れていったが、そこではみんなが待っていた。

彼らがわたしを待っていたとは思わなかった。けれども、レディ・フローレンスと腕を組んで入っていくと、ミスター・チェイスは自分の横の空席を指して、わたしを待っていたことをはっきりと伝えてくれた。

「あなたが残ることができてとてもうれしいですよ、ミス・レーン。あの外国のご婦人はたいそう気の毒でしたが、少なくとも彼女には面倒を見てくれる友人がいるわけですからね。かつてあなたはミス・フォックスととても親しいお友達だったそうですが?」

彼の言葉には受け入れがたい表現など使われていなかったし、ごく当たり障りのない調子で言われたのだが、わたしは警戒した。できるだけ平然とした態度で、そのとおりですと答えた。

「どうして友情が壊れたのですか? ある人たちの推測によれば、あなたが彼女と別れたのは何らかの詐欺かペテンを発見して、それに彼女が加担していたと――」

「ミスター・チェイス」わたしは意図的に彼をさえぎった。声も態度も冷ややかだっただろう。「どうしてわたしが、誰かの不愉快で根も葉もない噂を聞きたがると思うのですか? わたしの親友だったと、あなたがご存知の誰かの話を?」

「では、絶交したわけではないと?」

わたしはミスター・チェイスとは反対側の隣の席にいる紳士のほうを向いたが、彼は別の婦人との会話に夢中で逃げ道を提供してはくれなかった。「どうしてそんなに個人的なことにあなたが関心をお持ちなのか、理解できませんが」

ミスター・チェイスはほほ笑み、淡い青色の目でじっとわたしの目を見た。「ある人物がほかの人物に不思議なほど強い魅力を及ぼすのは、なぜなのでしょうか？　わたしにわかるのは、自分もある人に魅了されているということだけですが」

「だったら、ミス・フォックスに尋ねたほうがよろしいでしょう。もっとも、今夜の出来事のあとでは彼女が協力的になるとは思えませんけれど」

「わたしを魅了しているのはミス・フォックスではありません」

そのとき、銀の器を持ってテーブルのまわりを歩いていた使用人の一人に肩に触れられたので、わたしはミスター・チェイスから目をそらすことができた。冷製のビーフとチキンがわたしの皿に取り分けられたあと、使用人はミスター・チェイスの皿に何も差し出さずに行ってしまった。

「お肉は召し上がらないのですか？」

「霊的な感覚を発達させていると、健康によい果物や穀物や野菜のみ食べることによって、肉体的にはいっそう精気が蘇るのです」

わたしは皿に目を落として微笑した。「あなたがお抱えの料理人と旅をしていると聞きましたが」

「では、あなたもわたしに関心を持ったわけだ！」彼はうれしそうにくつくつ笑った。「わたしの気持ちが報われないのかと不安になり始めていたところでしたよ」

彼の言葉に、心が奇妙にざわめいた。また彼と視線を合わせるのは賢明でないと感じて、しっかりと皿を見据えたまま気軽な口調で答えた。「誰もがあなたに関心を持っていますよ、ミスター・チェイス。あれほどの力をお示しになったあとでは、驚くようなことではないですよね？　ところで、本当なのですか？　別々の家を必要とするほど大勢の使用人たちとあなたが旅をしているというのは？」

生野菜のトレイを持った別の使用人がやってきたので、ミスター・チェイスは返事をしなかった——人参とセロリのスティック、細かく刻んだキャベツ、ラディッシュ、温室栽培のトマト。こういった野菜を決して嫌いではないが、つむじ曲がりの気持ちに駆られてわたしは断った。ミスター・チェイスはマザーグースの一節を小声で言った。「ジャック・スプラットは脂を食べない。奥さんは赤味肉を食べない」

わたしは次に提供されたロールパンを取り、ピクルスとチャツネを皿に載せた。隣の席の男性が生の人参やセロリをしきりに噛む音が耳に響いている。会話を続けなくてもよいことに安堵したが、質問への答えを何も得られなかったことには気づいていた。もし、同じ質問をまた持ち出したら、彼のほうも答えをもらっていない、ミス・フォックスとわたしとの関係についての質問を繰り返すのではないかと恐れた。

わたしがSPRを去った理由について、チェイスは何を知っているのだろう？　ほかの人はどんなことを知っているの？　再会してから、ガブリエルは一度もその話題を口にしなかったし、わたしはスコットランドでの調査についての話を聞いていない。ただ、SPRの会報に載っていた、完全な報告書が「準備中」であるという漠然とした記事を見ただけだ。SPRを去った理由をわたしは誰にも話していないのだから、元の友人の名前にわずかでも醜聞がつきまとうはずはない。チェイスが当てこすりを言ったとしても。

でもチェイスは、情報を得るために噂などというありきたりな手段に頼る必要があるだろうか？この男性には特殊な能力があるのだ。もしかしたら、レディ・フローレンスが信じ込んでいたように、彼は人の思考が読めるのかもしれない。ガブリエルの誠実さについてまだわたしが抱いている疑念が彼の警戒心を引き起こしたとしたら？

隣に座っている男性が、自分にもわからない心の奥にあるわたしの感情とこっそり話をしているかもしれない。そう思うと、食欲が失せた。

「とてもおとなしいのですね」ミスター・チェイスは言った。

わたしは料理が半ば残った皿を見つめたまま、答えなかった。

「もしかして……ミス・レーン、もしかしてあなたを怒らせてしまったのでなければいいのですが？」

あまりにも心配そうな口調だったので、何年にもわたる社会教育が勝ちを占め、わたしは彼を安心させようとそちらを向かないわけにはいかなくなった。視線を合わせたとたん、また自分がとらわれてしまったことを感じた。

「まだあなたの質問に答えていませんでしたね」ミスター・チェイスはわたしの目を覗き込みなが

ら静かな口調で言った。「ご立腹ですか?」

「まさか。わたしの質問が個人的にすぎたなら、謝ります」

片時もわたしの目から離れない彼の目は、微笑したときに少し細くなった。「個人的な質問はかまいませんよ……あなたからでしたら」

今、視線を落としたら、いちゃつきとか乙女らしい慎み深さとかいうゲームをすることになると思った――軽蔑する行動だったから、大胆に相手を見返してやった。「それでも、あなたはわたしに答えようとしませんね」

「わたしがあなたに秘密にしている、または秘密にしたいものがあるとお思いですか?」

きつい声で言ってやった。「ミスター・チェイス、わたしに対するあなたの口調や態度はとても……とても不愉快です」

わたしは醜態を演じるつもりはなかったし、声を荒げもしなかった。けれども不運なことに、不安が腹立ちの言葉となってあふれたのは――誰にでもそんな経験はあるだろうが――間の悪いときだった。人々が集まっているときにふいに訪れる、一時的に静かになる瞬間だったのだ。しんとなった場で、わたしの怒りの言葉は部屋じゅうの人に聞こえただろう。

「申し訳ありません」ミスター・チェイスははっきりと言った。「気分を害させるようなことをするつもりはありませんでした。イギリスの礼儀作法はわたしの母国とは違いますね――ヨーロッパ大陸のものとも。わたしは失言してしまったようですね。許してくださいますか?」

もちろん、誰もがその言葉も聞いていただろう。チェイスはそれを心得ていた。彼の謝罪はわたしにではなく、聞き手に向けたものだった。受け入れてくれることを強制するかのように、彼の目はわたしの目をとらえたままだったが、一言も信じられなかった。けれども、諍いを長引かせるのは本意ではない。

「もちろんです。もし、気分を害させるおつもりがなかったなら、わたしの誤解です」

「では、また友達になれますね。よかった」

わたしはチェイスに偽りの微笑を向け、それ以上は何も言わなかった。このころにはみんなの会話が騒音に近いほどになっていた。テーブルにいる誰もがわたしたちの話など聞いていないことを証明しようとして、競い合うようにしゃべっていたのだ。

チェイスはその後、話しかけてこなかったし、わたしも彼に話しかけなかった。わたしは料理をちびちびと食べ、もう一方の隣席の紳士が声をかけてくれたことをありがたいと思った。つまらない内容だったが、食事が終わるまで彼と話した。それから、これは正式なディナーではなかったもののの、レディ・フローレンスが義兄の女主人役を務めた。ポートワインと葉巻を楽しめるように紳士たちを部屋に残し、婦人たちを引き連れて出ていこうとしたのだ。

そのとき、ミスター・チェイスは喫煙が憎むべき習慣だと思っているし、自分はご婦人と同席するほうがいいときっぱりと告げた。とにかく、男だけでいるよりもご婦人と一緒のほうがいつでも望ましいと彼は言った。男女を別々にさせる、こんな古くさい習慣は廃止するべきだと思っている、と。彼は魅力を振りまいたつもりだったのだろうが、レディ・フローレンスはその言葉に感心しなかった。

　レディ・フローレンスは威厳がある視線をミスター・チェイスに据えて言った。「どうやらこの慣習の目的を誤解なさっているようですね。これは紳士方のための習慣ではございませんの。わたくしたちに休息を与えるためですわ。男女が一緒にいると常に『声の調子を抑える』ことを余儀なくされるものですので。このあと三十分ほど葉巻の煙に囲まれるのがお嫌でしたら——確かに、わたくしもうらやましいとは思いませんけれど！——もちろん、お引き取りになってかまいませんのよ……ですが、わたくしたちと一緒ではありません」

　ミスター・チェイスは穏やかな顔で微笑し、さりげなく肩をすくめて同意したが、驚きもし、不愉快でもあったに違いなかった。レディ・フローレンスが彼への態度を突然に変えたせいでどうなったかを見もせずに、わたしはさっさと出ていった。

　レディ・フローレンスは女性たちを二階へ案内した。わたしが前にも見た婦人用の着替えの間を教え、お手洗いの場所を指し示した。それからわたしたちは階下の応接室に行き、紅茶を振る舞われた。万事滞りなく運んでいると確信するや、レディ・フローレンスはわたしを隣に呼び、小声で言った。

「今夜のあなたはとてもすばらしいわ、ミス・レーン。ドレスは珍しいし、並外れて魅力的よ」

「ご親切にありがとうございます。なのに、どうして、非難されているような気がするのでしょう？」

彼女は首を横に振った。「ごめんなさいね。でも、あなたが知っておくべきことがあるの。ミスター・チェイスには奥様がいらっしゃることを、あなたに話しておかなくてはね」

わたしは声も出せずに彼女を見つめるばかりだった。

レディ・フローレンスはわたしの手に手を載せ、握り締めた。「もっと早くこのことを話すべきだったのだけれど、思い浮かばなかったのよ。まさか彼が……あの人が……」そこで口ごもった。

「わたしを魅力的だと思うとは、ってことですか？」わたしは顔をしかめながら、彼女の言葉を締めくくった。「信じてください、レディ・フローレンス、彼の関心を引こうなんて全然思いもしませんでした！　彼が既婚者かどうかなんて、どうでもいいことです。でも、奥様はどこにいらっしゃるんでしょう？　たぶんアメリカでしょうね。まさか……」

「ここにいらっしゃるのよ」

「ここに？」わたしは仰天して部屋を見回した。女性客の中にその可能性がある人がいたかどうか思い出そうとしながら。

「この家にということです。おそらく、二階でベッドに入っていらっしゃるでしょうね。気分がすぐれないから今夜は集まりに加わらないということでした。しじゅう具合が悪そうなのです」

わたしは蒼白な顔の肺病患者を思い浮かべた。「お会いになったことはあるんですか？」

「もちろんよ。愛らしくて内気で繊細な、小柄な方です。まだとても若いし。まるで子どもみたいにしか見えないわね。ご主人とはパリで出会ったらしいの」

「フランス人なのですか？」

「いえ、ロシアの王女なの。あの『コサック』を覚えているでしょう？」

わたしは身震いした。「忘れたいところですけれど！」

「彼は彼女の一族に属しているのです」

「親戚ですか？」

レディ・フローレンスはぎょっとしたようだった。「どうしてまたそんな想像を……あんな人なのに……彼は彼女たちの所有物ということです。農奴ということよ」

農奴はかなり前に解放されたことをレディ・フローレンスに思い出させてあげたのだが、彼女はわたしが物知りぶっていることにいらだっていた。

「おそらく表向きは彼らは自由なのでしょうけれど、昔のやり方は残っているものなのよ。コサックの両親は生まれながらに奴隷的な形で土地に拘束されていたに違いないわ。地主にとっては事実上、農奴ということね。だから、驚くことではないでしょう。もしも――」

「政治のお話なの、フロー？」ひどく不似合いな青いドレスを着た、黒髪の年配女性が、部屋の隅にいるわたしたちの会話に加わった。わたしに向かって元気づけるようにうなずいて見せる。「どうやら社会主義的なお話に聞こえたわね――今のこの時代に所有物だの、農奴だのと。それにさっき、あなたがなさったちょっとした演説ですけれど――婦人参政権運動にでも加わるおつもり？」

「まさか、そんな、アグネス」レディ・フローレンスは声を震わせて笑った。「実を言えば、わたくしたちは歴史のお話をしていたの。政治の話は葉巻と一緒に男性に任せておくほうがいいわ。わたくしのお友達のミス・レーンにはお会いになったことがあって？」

第十五章　カードに尋ねる

わたしはその夜の出来事を相棒と話し合いたくてたまらなかったが、ジェスパーソンは翌朝、ガブリエルがシニョーラ・ギャロを従えてガウアー街へ来たときにもまだ戻っていなかった。ぐっすり眠ったおかげで霊能者は気力も元気も取り戻していたが、昨日の出来事は思い出せなかったのだ。ベルグレイヴ・スクエアへ行ったことや、身なりの良い見知らぬ人でいっぱいのきらびやかな部屋のことは思い出した。ガブリエルの隣に座って「大柄でハンサムな閣下」がアメリカ人の霊能者について何か話すのを聞いていたことも覚えていたが、実演についてはほとんど記憶になかった。とても心地よくて寛いでしまったため、うたた寝したことだけは覚えていた。運がいいことに、彼女は人前で恥をかかされたことを一切覚えていないのだろう。

短い説明の締めくくりにシニョーラ・ギャロは言った。「だからわたし、眠っていて、それから目が覚めたら、ベッドにいました」当惑した様子でかぶりを振る。「何でこんなことが起こるか、わたし、わからない。とても申し訳ない」

「あなたが謝る必要はないのよ、ダーリン」ガブリエルは言った。「あなたのせいではないの。ほんの少しもね。あの男の仕業よ。どうやってやったのかはわからないけれど、彼はあなたを眠らせた。それから、あれやこれやをあなたの上に落とさせて、あなたを笑い者にしたのよ。あんなものを見た人たちは誰でも、フィオレルラがのんだくれだと思ったに違いないわ」

ガブリエルは熱を込めてわたしに請け合った。シニョーラは食事のときにグラス一杯のワインをたしなむのが好きだが、昨日は濃い紅茶よりも刺激的な飲み物はまったく口にしなかったと。それに、ベルグレイヴ・スクエアの屋敷にいた間は一切の飲食をしなかったという。「さもなければ、彼がフィオレルラに一服盛ったに違いないと確信するところだけれど」

「彼って、ミスター・チェイスのこと?」

「ほかに誰がいるのよ?」ガブリエルは憤然としてわたしをにらんだ。「まさか霊たちがフィオレルラに反旗を翻したとほのめかすんじゃないでしょうね?」

わたしは眠そうな霊能者にチェイスが実演をしきりに迫ったことを思い出した。シニョーラ・ギャロに能力がなかったとしても驚きではないが、あの出来事は力が衰えていたことを示すものではなかった。わざと彼女を笑い者にしたのだ。あの部屋でそんなことができる能力があったのはチェイスだけだっただろう。

「あいつ、ロンドンでのわたしたちのチャンスをふいにしたわ」

「だけどなぜ？　フィオレルラは脅威になんかならないでしょう」

「違うわ。彼は脅威になると感じたはずよ。ばかげているように聞こえるでしょうけれど。だって優れた力があっても、チェイスはうぬぼれが強くて貪欲な小男だもの。誰かと分かち合うことなど耐えられないのよ。あいつは何もかも欲しがっているの——注目されることも称賛されることも。そして何よりも、金を」

わたしはチェイスに不信感を抱いてはいたが、ガブリエルの説には納得していなかった。彼はシニョーラ・ギャロをずいぶん粗末に扱ったし、残酷なユーモア感覚を持っているけれど、それが恐怖心や自信のなさから生まれた行動だとは思えない。どちらかといえば、自信過剰で、刃向ってこられない誰かに自らの力を誇示することを楽しんでいたようだ。でも、自分の考えは口に出さず、ガブリエルの最後の指摘を取り上げることにした。「お金？　彼の妻はロシアの王女なのよ。大変な金持ちのはずでしょう」

「あら、そんなに確信を持ってはだめよ。ロシアでの称号なんて、ここでは意味がないのよ」ガブリエルは言った。チェイスが妻帯者だと知って驚いたとしても、それをいささかも表さずに。「それにたとえ妻が裕福だとしても、金持ちがこれで充分だと思わないことはあなただって気づいたはずでしょう」

「でも、彼にどれほどのお金が必要だというの？」わたしはレディ・フローレンスから聞いたことを話した。自分たちの家を要求する使用人たちを彼が引き連れていることを。「ベニントン卿がその分のお金を出しているとは思えない。だけど、家を借りられるくらいの余裕があるなら、なぜチェイスはそこに使用人と住まないのでしょうね？」

今度はフィオレルラの評判が傷つけられたことから、ガブリエルの注意をうまくそらせた。ガブリエルはまじまじとわたしを見た。「とても妙な話ね！　もちろん、たいそう小さな家なのでしょうけれど、間違いなくおかしな暮らし方だわ。余裕があれば、結婚した二人は自分の家を持ちたがるのが普通だし、ベニントン卿の家に滞在中は不要な使用人たちに報酬を払っているとしたら、彼の妻は大金持ちに違いないわね」何か思いついたらしく、ガブリエルは座り直した。「もしかしたら、彼らは本物の使用人ではなくて親族なのかもしれないわ――アメリカの奥地出身の粗野な田舎者で、イギリスの上流社会では恥になるけれど、養ってやらなければならないのかも。だから、彼はその人たちを人目につかないところに押し込んでいるのよ」

「彼らが彼女の恥ずべき扶養親族というほうがありそうね」わたしは言い、「コサック」について話した。ベルグレイヴ・スクエアの屋敷の二階の廊下であの奇妙な人間と短い間だが、思いもかけず出会ったときの記憶は今でも体が凍りつきそうなほど強烈だった。けれども、その経験をおもしろい逸話として話すことが、恐怖心を軽くするのにいくらか助けになった。

そのあと、わたしたちはチェイスと彼の力について感じたことを話し合った――ジェスパーソンと話したいと思っていたことだった。ガブリエルはチェイスが詐欺師だと主張して譲らなかった――だが、それは偏見にすぎなかった。彼女はそれにふさわしい人間だけが霊能力を霊から授けられると信じたがっていたのだ。

「でも、彼はどうやっていかさまをやってのけたの？」わたしは指摘した。ジェスパーソンとベニントン卿、それに記者の全員が楽器などを手に取り、空中浮揚や音を出すことを可能にするような針金など発見しなかったことを。チェイスはかなり離れたところに座っていたから、観客みんなの目の前で普通のだましの方法を使うことは不可能だったはずだ。

「わからないわ」ガブリエルは認めた。「とても利口な人には違いないわね――わたしもそれは否定しない。でも、あいつがフィオレルラにやったことは――正直な霊能者がほかの霊能者の真の力の評判を落とそうとしたことなんてあって？」

「彼が正直だとは言えないわね。でも、並み以上の能力は確かに持っている。わたしたちが目にした、完全に明るい中で彼がやったことは……はっきりと見えるものだった……」

ガブリエルは急いで話をさえぎった。「彼はすべてを明るい中でやったわけじゃなかったわ。自分自身の空中浮揚と――ベニントン卿の奥様を出現させたことはね。観客がもっとも衝撃を受けたのはあれだったのよ。大変な力を持つ霊能者、ミスター・チェイスのことを話すとき、人々が思い出すのはあのことでしょう――ばかげたトランペットのことなんかではなく、亡くなった女性を彼が蘇らせたということよ。

「本当に、ずいぶん説得力があるものだったわね――わたしはあれ以上によくできた亡霊を見たことがないわ――とはいえ、モスリンと蛍光塗料と写真を使えば、きわめて効果的な亡霊は作り上げられるでしょう。レディ・ローナの写真を手に入れることは難しくないはずよ。あの心霊キャビネットのことはどう？　何か理由があって置いたに違いないわ。誰かが中に隠れていたのかも。レディ・ローナのような装いをして……」

わたしは亡霊が消えたことをガブリエルに思い出させたが、彼女はわたしの異議を一笑に付した。

「あらあら、あなたはいつもわたしよりも疑り深いじゃないの。まさかミスター・チェイスの値打ちを、彼が言うままに受け取ってはいないわよね？　あの男はいかさまをしているわ」

「わたしだってあなたと同様に彼を信用してはいない。でも、もしも彼がトリックを用いているとしても、方法がわからないのよ」

「あの心霊キャビネットが――」

「ええ、あれは怪しいと思う。でも、ジェスパーソンに尋ねてみなくては」

まさにその瞬間に扉が開き、ジェスパーソンが入ってきた。新聞を片方の脇に抱え、いくつものポケットをロールパンやペストリーでぱんぱんにして。「ぼくに何を尋ねたいって？」

「おはよう！」わたしは言い、彼に目配せした。

ジェスパーソンは礼儀を思い出し、全員におはようを言うと、シニョーラ・ギャロに体調を尋ねた。ひととおりの挨拶が済むと、彼は椅子に座り直し、新聞をさっと広げた。「昨夜の交霊会について記者がどう言っているか、あなたたちも興味があると思いますよ」

「ああ、あなたと一緒に心霊キャビネットを調べた男性ね」ガブリエルは言った。「わたしたちは考えていたのよ。あなたはあれをどう思ったのかと」

ジェスパーソンは思い出し笑いをした。「見るだろうと思っていたとおりのものを見たかな。もちろん、あの記者には話さないが——とにかく彼の記事を声に出して読ませてくれないか」

「ベルグレイヴ・スクエアで大成功の交霊会」という記事には大衆向けの新聞にありがちな、嘲るような調子がかすかにあったが、全体としてはかなり敬意のこもったものだった。自分で目撃したことに基づいて、また異例なほど明るい中ですべてを観察できたことから、何のトリックも用いられていなかったことに納得したと記事の執筆者は認めていた。そしてミスター・C・C・チェイスは、心霊現象研究協会の研究者たちがこの二十年間にわたって探し求めていた決定的証拠になるかもしれないと指摘していたのだ。

記者が心霊キャビネットについて一言も触れていないことにわたしは気づいた。

「それは心霊キャビネットが使われなかったと、彼が思っているからだよ。そう思うのは彼が——中を見る許可をもらって——あれは空っぽだったと考えているからだ。霊能者の椅子の後ろに、あんなに大きくて空っぽで役立たずの家具が設置されるべき目的を、記者は一度も自問しなかったということだな」

「でも、あなただって、あれが空だと言ったじゃないの」

ジェスパーソンはたしなめるように頭を振った。「そうは言っていない。ぼくが言ったのは、見つかるだろうと思ったものが見えたということだ——つまり何もなかったということだよ。ぼくたちはみな、チェイスが扉を開けたときに空っぽのキャビネットを見た。しかし――背後や底が二重になっているものがあるだろう。子どものころ、ぼくはある箱を持っていて、疑いそうもない相手に硬貨をそれに入れてくれと頼んだものだ。ぼくは箱の蓋を閉め、魔法の呪文をつぶやき、相手に箱を返す。すると、どうだろう、硬貨が消えているじゃないか！　また魔法の呪文をかけ、ぼくが箱の反対側を開けると、なんと不思議！　硬貨がまた現れるというわけだ」

わたしは言った。「じゃ、あの中に誰かが隠れていたのかも――」

ガブリエルは勝ち誇った顔で身をくねらせた。「わたしがそう言ったでしょう？　黒い服を着てレディ・ローナの仮面をつけた誰かがいたのよ」

ジェスパーソンは新聞をたたんだ。シニョーラ・ギャロは退屈そうに椅子の中でそわそわしていた。ふいにわたしは彼らに訪ねてもらったそもそもの目的を思い出し、ミス・ジェソップの部屋から借りておいたカードの束を取ってきた。

それは特別なカードだった。七十八枚が一組のカードは、お馴染みのトランプとかなり違っている。使用されていないときは大きな紫色の絹のスカーフで包んであった。わたしはスカーフをそのままにしておいたのだ。

絹に包まれたカードをシニョーラ・ギャロに渡し、わたしは優しく尋ねた。彼女の力に過大な負荷をかけたくないので、その作業ができそうに感じるかどうかと。

シニョーラ・ギャロは椅子の中で軽く弾んだ。「シ、シ。はい。大丈夫」彼女は小さな包みからスカーフを取り、カードに指を走らせた。目を閉じて息を吸い込み、ゆっくりと吐き出す。

「シ、シ。彼女はいます」

「どこに？」ジェスパーソンは勢い込んで身を乗り出した。

「彼女、よくこれのことを考えてる……これは彼女の友達で、ないのが寂しい。彼女が思ったようではなかった。美しい天使、彼女を連れ去った男、行ってしまった。戻ってこない。彼は彼女を天国へ連れていかず、ちいちゃな部屋に入れた」

「どこだ？」

霊能者はぱっと目を開けた。首を横に振る。「彼ら、言わない。彼女、知らない」

「もっと何か話せないか？　彼女はまだロンドンにいるのかい？」

霊能者は肩をすくめた。

「その部屋のことを考えてくれ」ジェスパーソンは促した。「窓はあるか？　彼女には外に何かが見えるかい？　彼女は一人きりか？　とらわれているなら、食べ物を与えられるはずだ。誰かが来るに違いない……誰だろう？　どれくらいたびたびやってくるのか？　そいつは彼女に話しかけるだろうか？」

次々と浴びせられる質問にシニョーラ・ギャロは不機嫌になり始め、肩をすくめたり頭を振ったりした。とうとう彼女は怒りを爆発させた。「このカード、何も言わない。ただの紙！　安物。良くない」

ジェスパーソンは不快そうな表情だった。「じゃ、金の指輪ならもっと情報を与えられるのか？」

「もっとたくさん！」

「あるいは、ダイヤモンドがちりばめられたブレスレットなら？」

シニョーラの目は輝いた。にっこりすると、自分の指先にキスする。「でも、あなた、そんな物くれない。あの本と、今度はカードだけ」

「わたしは言ったはずよ」ガブリエルが非難するような顔つきで言った。「フィオレルラは価値のない品物でできるかぎりのことをしてくれたわ」身を乗り出すと、フィオレルラを温かく抱き締めた。「とてもよくやってくれたわ、親愛な人！　本当にとてもよくやったわ。ミスター・ジェスパーソンはこれがどんなに大変か、おわかりでないのよ。ただの気まぐれで、カードにあんなにいろいろな質問をするなんて！　彼女が生きていることはわかっているわけで――それはとてもよかったわ。でも、どうやって探したらいいのかしら？　お願い、ダーリン、もう一度やってみてくれない？カードに尋ねてみて。宝石なんて一切買う余裕がなかった、哀れで愛しいミス・ジェソップのために。あなたが気の毒な婦人を助けたがっていることはわかっているの。ちょっと考えてみて、フィオレルラ――もし、そんなことになったのがあなただったらって」

優しくなだめるような言葉は一種の仲間意識を呼び覚ましたようだった。表情が変化し、フィオレルラは立ち上がると、カードをつかんで胸へ持っていった。

「たぶん違う方法。わたし、気の毒な婦人みたいにカード読みます。もしかしたら、もっと多くがわかる」

フィオレルラは部屋の突き当たりにあるテーブルへ進んだ。食事や作業のために使われている物だが、今は上に何も載っていないので、カードを並べる場所があった。

ジェスパーソンはクッションをつかむと、シニョーラ・ギャロの椅子に載せて調節した。彼女はうつむいてカードを口元へ持っていった。始める前にカードに祈っているかのように。

カードをすばやく切ると、彼女は一枚を抜き出した――「ラ・パペッサ」――それを最初に置いた。このカードにはたっぷりした青いローブを着て頭飾りをつけた、修道女のような女性が描かれていた。顔をヴェールで覆い、玉座に座っていた。次にフィオレルラはカードの山を崩して混ぜ、まとめると山を三つに分けて、また一つに戻し、さらにもう一度、同じことをしてから、ガブリエルにも山を三つに分けて無作為に三枚のカードを抜き出すように言った。

この三枚のカードが順番に表に向けられた。白馬に乗った髑髏の人物、雷に打たれている塔、そして最後に現れたのは尖った赤い帽子をかぶった男だった。片手に杖を持ち、もう一方の手には円盤状の物を持って小さなテーブルの後ろに立っている。テーブルにはさまざまな小物が並べてあった。

シニョーラ・ギャロは顔を上げ、片手を差し出した。ジェスパーソンはその仕草を理解し、ポケットから小さな硬貨を一枚取り出した。硬貨を使って宙で十字を切ると、シニョーラの手のひらにそれを落とした。

一瞬、わたしは彼女が異議を唱えるものと思った――たったの三ペニーだったのだ――けれども、彼女は手を閉じて小さな硬貨を握り、形だけのこの報酬を受け入れた。

「ラ・パペッサ」のカードを人差し指で撫でながら、シニョーラ・ギャロはこれがヒルダ・ジェソップを表していると告げた。次のカードはヒルダの近い過去を示していた。彼女が連れ去られたときのことだ。ヒルダは友人たちが恐れていたのと違い、死んではいない――だが、彼女の境遇の重大な変化が、死につながりかねない可能性があった。雷に打たれている塔は炎が満ちているせいで危険性の高い場所だ。逃げ出せなければ、ヒルダは間違いなく死ぬだろう。三番目のカードはこの世での未来の可能性を表していた。これは曲芸師の絵で、賢さや技術、繊細さを表している。こういう性質は残忍な力よりもヒルダを解放できるかもしれない。

「わたし、思うのは」シニョーラ・ギャロは重々しく言った。「彼女、自分の力では自由になれません。そこに彼女を入れた男がいました。別の男が彼女を連れ出さなくてはなりません。わたし、思うのは、これは」――曲芸師のカードを指で軽く叩いた――「あなただと思います」そう言うと、シニョーラ・ギャロはジェスパーソンを見上げた。

彼は皮肉たっぷりにお辞儀をして見せた。「この燃えている塔が実際にどこにあるかについて、いくらかでも手掛かりがあれば、ぼくはもっと自信を感じられるのだがね」

「手掛かり、あなたが見つけなくちゃ」シニョーラ・ギャロはすかさず答えた。「あなた、探偵でしょ？それは探偵の仕事」

「そのいまいましい塔に彼女を押し込んだ、馬に乗った骸骨男の名前をカードは告げられないのだろうな」

「カードはそんなふうに働くわけではないのよ」ガブリエルがたしなめた。「カードは物語を告げてくれるけれど、その意味はわたしたちが自分で考えなければいけないの」

「そんな派手な絵の助けを借りなくたって、似たような話をぼくは考え出せるよ。ミス・ジェソップの失踪の裏には未知の悪党がいる。死んでいないとしたら、彼女は監禁されているに違いない。救い出されなければ、死んでしまう。そしてほかに彼女を探している人間がいないのだから、曲芸をやっているばか者の役を演じるのはぼくしかいないというわけだ」ジェスパーソンの口調も態度も冷淡だった。

ガブリエルはジェスパーソンの信頼を取り戻そうとした。「カードやその解釈を責めないでちょうだいな。わたしたちはみんな、ヒルダを探そうとしているのよ」

シニョーラ・ギャロは出し抜けに椅子を後ろに引いて立ち上がった。「わたしたち、もう帰る」

「あら――」ガブリエルの顔に心理的な葛藤の表情が浮かんだ。彼女がまだ帰るつもりでなかったことが、わたしにはよくわかった。けれども、目をかけている相手と争う危険を冒したくない気持ちも。ロンドンの街の危険や誘惑にシニョーラ・ギャロが負けては困るから、ガブリエルは彼女についていく必要があるのだ。「帰らなければならないなら……でも、何かもっとわたしたちにできることがあれば、知らせてくださるわよね？」

二人が帰ってしまうと、ジェスパーソンは母親を呼んで新しく紅茶を淹れたポットを居間に持ってきてもらった。そこで彼は持ってきたペストリーの包みを開け、わたしたちは二回目の朝食を楽しんだ。

「楽しむといい。これが最後だろうから」ジェスパーソンは悪い運命を告げる人風の口調で言った。

わたしはさっと目を上げた。「まさか、料理人はあなたがもう充分に太ったと思っているわけじゃないわよね？」

「人食い人種のごちそうに差し出せるくらいにかい？　それはないよ。ミスター・Cを見張る義務のために夜を費やすことはなくなるという意味だ」

「どうして？」

彼は非難のまなざしを向けた。「それを訊くのかい？　重要な要素は電話がかかってくることだともうわかった。最初の試みが失敗したとはいえ、クリーヴィーが出歩くのは電話がかかった日の翌晩だという可能性を調べたわけだから——次の電話が来るのを待つだけだ。ぼくは確信しているが、また電話がかかってくるはずだし、しかも近いうちだと思うよ。

「今朝、帰ってくるのが遅くなったのは、クリーヴィーの妻と彼の職場の雑用係の少年と打ち合わせしていたからだ。クリーヴィーにまた『間違い電話』がかかってきたらすぐ、知らせてもらうことになっている。そうなったとき、すぐにあとをつけられるようにぼくは家の外で待つつもりだ」

この話し合いをしてからやや経って、今日の二度目の郵便が届いた。見慣れぬ筆跡のわたし宛ての手紙が一通あった。フランス語で書かれ、ナデジダ・V・チェイスと署名がしてある。

彼女は昨夜、体調がすぐれなかったせいで出席できなかったことを詫びる手紙を送ってきたのだ。そして、できるだけ早い機会にお目にかかれたらうれしいと書いてあった。ベニントン卿の屋敷で訪問者を迎えることはよくあるという。小さな客間があって、そこなら誰にも邪魔されずに静かに会えるので、午前十時半から午後一時までの間でいかが、とあった。できるだけ早くいらしてほしいと彼女は頼んでいた――明日か、明後日にと。

「悪い知らせではないんだろうな？」

便箋から目を上げると、ジェスパーソンが少し心配そうにわたしを見つめていた。「いいえ、全然」そう言った。「眉を寄せていたとしたら、母国語でない言葉を読む負担のせいよ」神経を落ち着かせようと、深く息を吸った。「ミスター・チェイスの奥様から来たものなの。興味深いことに、わたしに会いたいらしいのよ――しかも、できるだけ早くだとか」

「会いたがるのがなぜ、そんなに興味深いんだ？」

わたしは手紙を見下ろしたが、目には入っていなかった。不快なほど頬が熱い。わたしにこれほど会いたがるとは、チェイスは妻に何を言ったのだろう？　彼女は時を移さず、気軽な招待とは言いがたい招待状を送ってきたのだ。昨夜遅くか今朝早くにこれを書いて、すぐさま投函させたのだろう。食事の席でチェイスが不愉快なほどの関心をわたしに見せたことはジェスパーソンに話さなかった。それどころか、昨夜の個人的で気恥ずかしい気持ちを一切話していない。むしろ一緒に見た事柄について、もっと知的で理論的なやり方で話し合うほうがよかった。それに、わたしは会話の品位を下げる気になれないとまだ感じていたのだ。チェイスがわたしに関心を持ったのは、こちらから誘ったせいでもないし、その気にさせようと思ったせいでもない。このことを誰かに話すだけでも、必要以上に重大に思えてしまうだろう。もしも妻が嫉妬するようなことを彼が話したのだとしたら……自分がどこかの夫人の嫉妬や苦痛の原因になっているかもしれないという考えには馴染みがなかったし、気恥ずかしかった。でも、もしもそのことが今回の招待という結果になったなら、対処できるだろう。わたしを脅威と感じる必要など皆無だと、ミセス・チェイスにわかってもらえるはずだ。

ジェスパーソンはまだ返事を待っていた。彼を見返し、さりげなく肩をすくめようとした。「もちろん、彼女はロンドンでもっと知人を増やしたいのかもしれないわね。まずは、わたしからということかも？　でも、別に急いで会う必要もないでしょう。彼女がこんな召喚みたいなことをする理由がわからないだけよ」

「もしかしたら、彼女には探偵が必要なのかもしれないぞ」

ジェスパーソンの言葉を聞き、わたしの不安は消えた。突然、手紙を新しい解釈で考えるようになり、気まずい会見をもはや恐れなくなって、ミセス・チェイスと会うのが待ち遠しくなったのだった。

（下巻に続く）

探偵ジェスパーソン＆レーン
夢遊病者と消えた霊能者の
奇妙な事件
上

2021年4月9日 初版発行

著者 リサ・タトル
訳者 金井真弓

企画・編集協力 牧原勝志（『幻想と怪奇』編集室）

発行人 福本皇祐
発行所 株式会社 新紀元社
〒101-0054 東京都千代田区神田錦町1-7 錦町一丁目ビル2F
Tel.03-3219-0921／Fax.03-3219-0922
http://www.shinkigensha.co.jp/
郵便振替 00110-4-27618

装画 加藤木麻莉
装幀 坂野公一（welle design）
組版 清水義久

印刷・製本 中央精版印刷株式会社

ISBN978-4-7753-1856-0
定価はカバーに表示してあります。
Printed in Japan

Jesperson and Lane

The Curious Affair of the Somnambulist and the Psychic Thief

by Lisa Tuttle